白筱——编

纸短情长

——世间最美的情书

人民日报出版社

图书在版编目（CIP）数据

纸短情长：世间最美的情书 / 白筱编. -- 北京：
人民日报出版社，2019.3
ISBN 978-7-5115-5913-5

Ⅰ.①纸… Ⅱ.①白… Ⅲ.①书信集—中国—现代
Ⅳ.①I266.5

中国版本图书馆CIP数据核字（2019）第059316号

书　　名：	纸短情长：世间最美的情书
编　　者：	白　筱

出 版 人：	董　伟
责任编辑：	袁兆英
封面设计：	邢海燕

出版发行：	人民日报出版社
社　　址：	北京金台西路2号
邮政编码：	100733
发行热线：	（010）65369527　65369846　65369509　65369510
邮购热线：	（010）65369530　65363527
编辑热线：	（010）65363105
网　　址：	www.peopledailypress.com
经　　销：	新华书店
印　　刷：	河北盛世彩捷印刷有限公司

开　　本：	880mm×1230mm　1/32
字　　数：	170千字
印　　张：	8.75
印　　次：	2019年5月第1版　2019年5月第1次印刷

书　　号：	ISBN 978-7-5115-5913-5
定　　价：	39.80元

目 录

001 / 世上一切算得什么,只要有你
　　——朱生豪·宋清如

025 / 我从远方赶来,赴你一面之约
　　——徐志摩·陆小曼

055 / 君之所愿,我愿赴汤蹈火以求之
　　——高君宇·石评梅

071 / 只愿天下情侣,不再有泪如你
　　——林觉民·陈意映

083 / 任凭弱水三千,我只取一瓢饮
　　——鲁迅·许广平

113 / 一见你的眼睛,我便清醒起来
　　——朱自清·陈竹隐

目 录

127 / 与落花一同漂去，无人知道的地方
　　——朱湘·刘霓君

163 / 所爱隔山海，山海亦可平
　　——瞿秋白·杨之华

183 / 风花雪月的爱情，敌不过俗世烟火
　　——郁达夫·王映霞

219 / 我是一朵为爱永不低头的野蔷薇
　　——庐隐·李唯建

237 / 花要开了，一切都是为你
　　——闻一多·高孝贞

251 / 我不能决定如何生与死，但可以决定如何爱与活
　　——萧红·萧军

世上一切算得什么，只要有你

——朱生豪·宋清如

我行过许多地方的桥，看过许多次数的云，喝过许多种类的酒，却只爱过一个正当最好年龄的人。

——沈从文

"情不知所起,一往而深。"朱生豪与宋清如,一个是名震之江的才子,一个是被誉为有"不下于冰心女士之才能"的女诗人。在一次"之江诗社"的活动中,朱生豪第一次见到了宋清如,他们因诗结缘,通过书信往来,互诉衷肠,渐生情愫。

在结识宋清如之前,朱生豪是一个瘦不禁风、内向腼腆的木讷书生,而在认识宋清如后,他成了世界上最会写情书的人。相恋十年,异地九年,他给她写了数百封情书。曾有人说朱生豪一生只做了两件事,翻译《莎士比亚全集》和写情书。

当时,适逢时局动荡,现世不安稳,他们的别离是漫长的,也是甜蜜的。在长达九年的分别时光里,两人就靠这一纸一笔,互通相思之情,朱生豪将他的一片火热的情感全部寄托在信笺上一字一句之中。

在给宋清如的信里,他就像是一个稚气未脱的孩子,在情书中为宋清如起了无数个肉麻的称呼,比如"好人""宝贝""宋儿""小姊姊""澄儿""小亲亲""傻丫头""青女""阿姊"等。

有情人终成眷属,历尽坎坷之后,朱生豪与宋清如终于走到了一起。1942年,在上海,在亲朋好友的见证下,他们举办了一场简单的婚礼。昔日诗社的老师、词学宗师夏承焘为他们题词:才子佳人,柴米夫妻。

之后,两人便开始了一段"他译莎,我烧饭"的安详家庭生活,尽管生活拮据,但宋清如给他带来的温暖、关心和心灵慰藉却是无价的。就是在这样的环境下,朱生豪克服难以想象的困难,以惊人的毅力,翻译了莎士比亚的31部作品。

若是时光能够一直停留在最美好的时刻多好。然而,天有不测风云,人有旦夕祸福,他们结婚后仅仅两年,朱生豪便因超负荷的工作病倒了,而此时的宋清如已经怀孕。这本是一件值得庆贺的事情,在当时却给两人增加了更沉重的负担。宋清如不仅要洗衣做饭,还要借钱养家。

他们的日子过得异常艰难,而朱生豪的病情也在不断地加重。

终于,在1944年12月26日,朱生豪抛下妻子和刚满周岁的儿子,含恨去世,年仅32岁。他曾经在给宋清如的信中说:"不要愁老之将至,你老了一定很可爱。"可是朱生豪还是没能看见宋清如老了的样子。

朱生豪去世后,宋清如一时万念俱灰,曾一度有自杀的念头。她在朱生豪去世一年后写下如此悲痛的文字:

你的死亡,带走了我的快乐,也带走了我的悲哀。人间哪有比眼睁睁看着自己最亲爱的人由病痛而致绝命时那样更惨痛的事！痛苦撕毁了我的灵魂，煎干了我的眼泪。活着的不再是我自己，只像烧残了的灰烬，枯竭了的古泉，再爆不起火花，漾不起漪涟。

自此，宋清如孤独一生，她的后半生只为他的两件事而活：抚养他们的孩子，出版朱生豪遗作。

"人间自是有情痴，此恨不关风与月。"朱生豪与宋清如的爱是一种心灵的默契，一种天真烂漫的赤诚，一种无须回报心甘情愿的付出。他将炽烈的情感化作文字，每一句都是懂你，每一句都是想你，每一句都是爱你。

朱生豪致宋清如情书节选

清如：

　　昨夜我做了一夜梦，做得疲乏极了。大概是第二个梦里，我跟你一同到某一处地方吃饭，还有别的人。那地方人多得很，你却不和我在一起，自管自一个人到里边吃去了。本来是吃饭之后，一同上火车，在某一个地方分手的。我等菜许久没来，进来看你，你却已吃好，说不等我要先走了，我真是伤心得很，你那样不好，神气得要命。

　　不过我想还是我不好，不应该做那样的梦，看你的诗写得多美，我真欢喜极了，几乎想抱住你不放，如果你在这里。

　　我想我真是不幸，白天不能困觉，人像在白雾里给什么东西推着动，一切是茫然的感觉。我一定要吃糖，为着寂寞的缘故。

　　这里一切都是丑的，风、雨、太阳，都丑，人也丑，我也丑得很。只有你是青天一样可羡。

　　这里的孩子们学会了各色骂人的言语，十分不美，父母也不管。近来哥哥常骂妹妹泼婆。妹妹昨天说,你是大泼婆,我是小泼婆。一天到晚哭,闹架儿。

拉不长了,祝你十分好!六十三期的校刊上看见你的名字三次。

朱　初三

最美情话

这里一切都是丑的,风、雨、太阳,都丑,人也丑,我也丑得很。只有你是青天一样可羡。

阿姊：

　　天冷得很呢，你冷不冷？

　　做人真是那么苦，又真是那么甜，令人想望任性纵乐的生涯，又令人想望死想望安息。从机械的日程中偷逃出来的两天梦幻的生活，令人不敢相信是真实，我总好像以为你不是真存在于世上，而是一个虚构的人物，我所想像出来以安慰我自己的。世界是多么荒凉，如果没有你。

　　今天我有点忧郁，我以你的思忆祛去一切不幸的感觉。

　　祝你一切的好，以我所有对你的虔敬、恋慕、眷爱和珍怜。

爱丽儿　十七夜

最美情话

世界是多么荒凉,如果没有你。

03

我不知是什么东西，卢骚的《新哀洛绮思》（师范英文选第三册选入，这种物事好教学生！以文章而论，歌德的《维特》当然好得多了），恋爱，恋爱，那种半生不熟，十八世纪式的恋爱，幼稚而夸张，无谓的 sentimentalism[①]，佳人＋才子＋无事忙热心玉成好事的朋友＋扭扭捏捏不嫉妒的"哲学的"丈夫，这位丈夫，是卢骚特创的人物，篇中谁都佩服他，实际是最肉麻的一个。

你不用赌神发咒我也早相信你了，前回不过是寻晦气的心情，其实我总不怪你。

我顶讨厌中国人讲外国话，并不因为我是个国粹主义者，如果一个人能够讲外国话，讲得比他的本国话更好的话，那么他尽有理由讲外国话，否则不用献丑为是。

好人，我永远不对你失望，你也不要失望自己。

我希望你不要用女人写的信纸。

[①] 即"感伤主义"。

我以为理发匠非用女人不可,有许多理发匠太可怕,恶心的手摸到脸上,还要碰着嘴唇,叫你尝味它的味道。嘴里的气味扑向你鼻孔里,使人非停止呼吸不可。中国人喜欢捶背狠命扒耳朵,真是被虐待狂。

伤风好了没有?你真太娇弱。

我不笑,不是不快活,无缘无故笑,岂不是发疯。

后天星期日。

接到你的信,真快活,风和日暖,令人愿意永远活下去。世上一切算得什么,只要有你。

我是,我是宋清如至上主义者。

人去楼空,从此听不到"爱人呀,还不回来呀"的歌声。

愿你好。

Sir Galahad

P.S. 我待你好

最美情话

接到你的信,真快活,风和日暖,令人愿意永远活下去。世上一切算得什么,只要有你。

我是,宋清如至上主义者。

04

澄儿：

　　我应该听你话静静一些儿的，可是这颗心没办法好想，又写信了，你要不要打我手心？

　　今天我烦躁了整个儿的一天，晚上淋着雨到陈尧圣家吃夜饭，也没有什么感想，不过发现赵梓芳夫妇俩也同住着，有些意外，而且离我这里那么近。回了转来，怎么也不能睡，虽没有话对你说，仍然执起笔来了。

　　上午曾写了几封信给我那些宝贝朋友们，但一封也不寄出，有什么意思呢？……我不高兴写了。你为什么爱朱朱呢？（呵欠）

　　我想做诗，写雨，写夜的相思，写你，写不出。

最美情话

我想做诗,写雨,写夜的相思,写你,写不出。

05

　　昨天上午安乐园冰淇淋上市,可是下午便变成秋天,风吹得怪凉快的。今天上午,简直又变成冬天了。太容易生毛病,愿你保重。

　　昨夜梦见你、郑天然、郑瑞芬等,像是从前同学时的光景,情形记不清楚,但今天对人生很满意。

　　我希望你永远待我好,因此我愿意自己努力学好,但如果终于学不好,你会不会原谅我?对自己我是太失望了。

　　不要愁老之将至,你老了一定很可爱。而且,假如你老了十岁,我当然也同样老了十岁,世界也老了十岁,上帝也老了十岁,一切都是一样。

　　我愿意舍弃一切,以想念你终此一生。

　　所有的恋慕。

蚯蚓　九日

最美情话

不要愁老之将至,你老了一定很可爱。而且,假如你老了十岁,我当然也同样老了十岁,世界也老了十岁,上帝也老了十岁,一切都是一样。

我愿意舍弃一切,以想念你终此一生。

宋：

你把我杀了吧，我越变越不好了。

我想不出你将来会变得怎样，但很知道我自己将来会变得怎样，当我看见一个眼睛似乎很贪馋，走路东张西望，时常踩在人家脚上，嘴里似乎喃喃自语的老头子，我就认识，这就是我。

今天幸亏天气好——不热，有些雨，否则我一定已经死了，最近的将来我一定要生几天病，因为好久不病了。

要是世上只有我们两个人多么好，我一定要把你欺负得哭不出来。

俚词四首（借用张荃女史诗韵）

水面花飘水面舟，猖狂一辈少年游。宁教飞花随水去，莫令插向老人头。

美人汗与花香融，且敞罗衫纳野风。春去春来都不管，好酒能驻朱颜红。

恼杀枝头间关禽，恼杀一院春光深。敲碎一树桃李花，莫教

纸短情长

——世间最美的情书

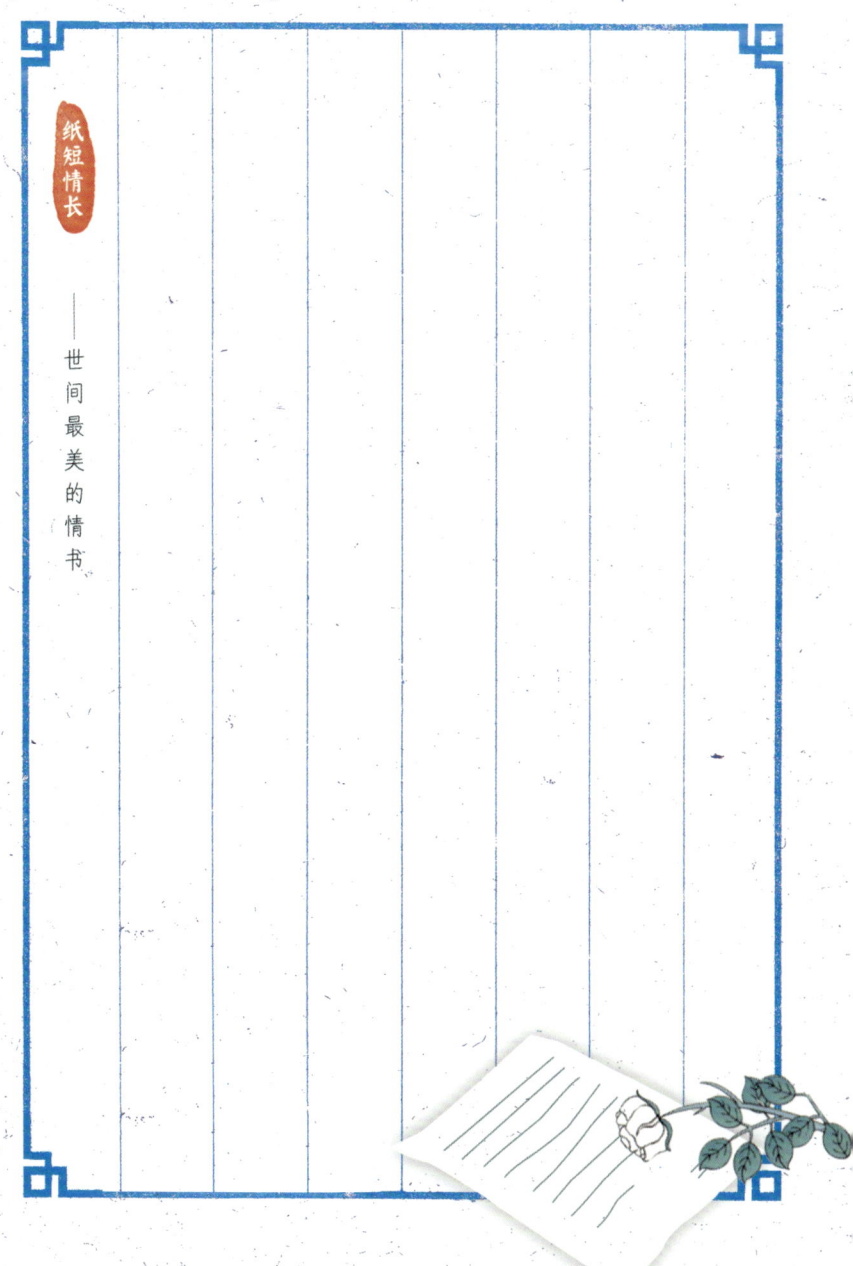

历落乱侬心。

陌上花儿缓缓开,天涯游子迟迟回。只愁来早去亦早,不如日日盼伊来。

我爱宋清如,因为她是那么好。比她更好的人,古时候没有,以后也不会有,现在绝对再找不到,我甘心被她吃瘪。

我吃力得很,祝你非常好,许我和你偎一偎脸颊。

无赖　星期日

最美情话

要是世上只有我们两个人多么好,我一定要把你欺负得哭不出来。

我爱宋清如,因为她是那么好。比她更好的人,古时候没有,以后也不会有,现在绝对再找不到,我甘心被她吃瘪。

我想要在茅亭里看雨、假山边看蚂蚁,看蝴蝶恋爱,看蜘蛛结网,看水,看船,看云,看瀑布,看宋清如甜甜地睡觉。

我觉得我已跟残废的人差不多了,五官(想来想去只有四官,眼耳口鼻之外,还有那一官不知是简任官还是特任官)都已毁损,眼睛的近视在深起来,鼻子的左孔常出鼻血,左耳里面近来就睡时总要像风车一样哄隆哄隆搹了一阵,嘴里牙齿又有毛病,真是。

一切兴味索然,活下去全无指望,横竖顶多也不过再有十年好活,我真不想好好儿做人,恨起来简直想把自己狠狠地糟蹋一阵。

最美情话

我想要在茅亭里看雨、假山边看蚂蚁,看蝴蝶恋爱,看蜘蛛结网,看水,看船,看云,看瀑布,看宋清如甜甜地睡觉。

昨夜我看见郑天然向我苦笑。你被谁吹大了,皮肤像酱油一样,样子很不美,我说,你现在身体很好了,说这句话,心里甚为感动,想把你抱起来高高的丢到天上去。醒来觉得甚是爱你。

这两天我很快活,而且骄傲。

你这人,有点太不可怕。尤其是,一点也不莫名其妙。

朱

最美情话

醒来觉得甚是爱你。

我从远方赶来,赴你一面之约

——徐志摩·陆小曼

见了他，她变得很低很低，低到尘埃里，但她心里是欢喜的，从尘埃里开出花来。

——张爱玲

民国是一个风云诡谲的年代，在那个年代里，留下了许许多多光彩夺目的名字，诞生了数不胜数的传奇故事。

当多情浪漫的诗人徐志摩遇上一代名媛陆小曼，两个人注定要为爱走火入魔，上演一段惊世传奇。

他们的爱如同炽焰，他们爱得痴狂。然而，他们一个是有妇之夫，一个是有夫之妇。

徐志摩早在18岁那年，已经由父母做主，将从未谋面的新娘张幼仪娶进了门。陆小曼也在19岁时，奉父母之命嫁与王庚。

君已娶，妾已嫁，这样的两个人，即使爱得海枯石烂，在当时也不会得到世人的祝福。

"有一美人兮，见之不忘，一日不见兮，思之如狂。"他们不顾世俗的眼光，只是沉浸在爱情的浪漫童话里，徐志摩倾尽才情，将他胸中浓烈的情感化作一句句情话，《爱眉小札》里的每一个字眼都是那么浓烈炽热，如同焰火，述说着他们的浪漫与深情。

徐志摩在给他的老师梁启超的信中写道："我将于茫茫人海中访我唯一灵魂之伴侣；得之，我幸；不得，我命，如此而已。"在遇见陆小曼之后，他就知道自己已经找到了一生的灵魂伴侣。

经过画家刘海粟的斡旋，在这场婚姻的博弈中，王赓选择了放手，成全徐志摩与陆小曼。这一段不被祝福的刻骨铭心的爱情终于有了结果。

在刚结婚的前段日子里，徐志摩与陆小曼过得浪漫、惬意，然而，由于陆小曼的病情和鸦片的侵蚀，再加上陆小曼生活奢侈，徐志摩虽然收入不菲，但依然不够开支。他们逐渐没有了热恋时的激情，徐志摩也不断地为家庭生计到处奔波。

1931年11月19日，这是一个不幸的日子，徐志摩搭乘飞机遭遇空难，一代诗坛巨匠就此殒命。正如他的诗所说的"我悄悄地走了，正如我悄悄地来，我挥一挥衣袖，不带走一片云彩。"

徐志摩死后，陆小曼在她致徐志摩的挽联中说："多少前尘成噩梦，五载哀欢，匆匆诀别，天道复奚论，欲死未能因母老；万千别恨向谁言，一身愁病，渺渺离魂，人间应不久，遗闻编就答君心。"

从此，她洗尽铅华，素颜缟衣，甘于平淡，不再出门交际，默默地忍受着外界对她的流言蜚语，整理出版徐志摩遗稿。

徐志摩与陆小曼的爱情像是一团熊熊燃烧的烈火，你燃烧，我陪你焚成灰烬，你熄灭，我陪你低落尘埃。他们的缘分，短暂而又绚烂，五年时光，就把一生的感情路走完了。

徐志摩的一生，正如朴树《生如夏花》歌词所说的："我从远方赶来，赴你一面之约。痴迷流连人间，我为她而狂野。我是这耀眼的瞬间，是划过天边的刹那火焰，我为你来看我不顾一切，我将熄灭永不能再回来。"

徐志摩致陆小曼情书节选

幸福还不是不可能的,这是我最近的发现。

今天早上的时刻,过得甜极了。我只要你;有你我就忘却一切,我什么都不想什么都不要了,因为我什么都有了。与你在一起没有第三人时,我最乐。坐着谈也好,走道也好,上街买东西也好。厂甸我何尝没有去过,但哪有今天那样的甜法;爱是甘草,这苦的世界有了它就好上口了。眉,你真玲珑,你真活泼,你真像一条小龙。

我爱你朴素,不爱你奢华。你穿上一件蓝布袍,你的眉目间就有一种特异的光彩,我看了心里就觉着不可名状的欢喜。朴素是真的高贵。你穿戴齐整的时候当然是好看,但那好看是寻常的,人人都认得的,素服时的眉,有我独到的领略。

玩人丧德,玩物丧志,这话确有道理。

我恨的是庸凡,平常,琐细,俗;我爱个性的表现。

我的胸膛并不大,决计装不下整个或是甚至部分的宇宙。我的心河也不够深，常常有露底的忧愁。我即使小有才，决计不是天生的，我信是勉强来的；所以每回我写什么多少总是难产，我唯一的靠傍是刹那间的灵通。我不能没有心的平安，眉，只有你能给我心的平安。在你完全的蜜甜的高贵的爱里，你享受无上的心与灵的平安。

凡事开不得头，开了头便有重复，甚至成习惯的倾向。在恋中人也得提防小漏缝儿，小缝儿会变大窟窿，那就糟了。我见过两相爱的人因为小事情误会斗口，结果只有损失，没有利益。我们家乡俗谚有："一天相骂十八头，夜夜睡在一横头。"意思说是好夫妻也免不了吵。我可不信，我信合理的生活，动机是爱，知识是南针；爱的生活也不能纯粹靠感情，彼此的了解是不可少的。爱是帮助了解的力，了解是爱的成熟，最高的了解是灵魂的化合，那是爱的圆满功德。

没有一个灵性不是深奥的，要懂得真认识一个灵性，是一辈子的工作。这工夫愈下愈有味，像逛山似的，唯恐进得不深。

眉，你今天说想到乡间去过活，我听了顶欢喜，可是你得准备吃苦。总有一天我引你到一个地方，使你完全转变你的思想与生活的习惯。你这孩子其实是太娇养惯了！我今天想起丹农雪乌的《死的胜利》的结局；但中国人，哪配！眉，你我从今起对爱的生活负有做到他十全的义务。我们应得努力。眉，你怕死吗？眉，你怕活吗？活比死难得多！眉，老实说，你的生活一天不改变，我一天不得放心。但北京就是阻碍你新生命的一个大原因，因此我不免发愁。

我从前的束缚是完全靠理性解开的；我不信你的就不能用同样的方法。万事只要自己决心；决心与成功间的是最短的距离。

往往一个人最不愿意听的话，是他最应得听的话。

最美情话

我爱你朴素，不爱你奢华。你穿上一件蓝布袍，你的眉目间就有一种特异的光彩，我看了心里就觉着不可名状的欢喜。朴素是真的高贵。你穿戴齐整的时候当然是好看，但那好看是寻常的，人人都认得的，素服时的眉，有我独到的领略。

02

　　我六时就醒了,一醒就想你来谈话,现在九时半了,难道你还不曾起身,我等急了。

　　我有一个心,我有一个头,我心动的时候,头也是动的。我真应得谢天,我在这一辈子里,本来自问已是陈死人,竟然还能尝着生活的甜味,曾经享受过最完全,最奢侈的时辰,我从此是一个富人,再没有抱怨的口实,我已经知足。这时候,天坍了下来,地陷了下去,霹雳种在我的身上,我再也不怕死,不愁死,我满心只是感谢。即使眉你有一天(恕我这不可能的设想)心换了样,停止了爱我,那时我的心就像莲蓬似的栽满了窟窿,我所有的热血都从这些窟窿里流走——即使有那样悲惨的一天,我想我还是不敢怨的,因为你我的心曾经一度灵通,那是不可灭的。上帝的意思到处是明显的,他的发落永远是平正的;我们永远不能批评,不能抱怨。

最美情话

即使眉你有一天（恕我这不可能的设想）心换了样，停止了爱我，那时我的心就像莲蓬似的栽满了窟窿，我所有的热血都从这些窟窿里流走——

03

这过的是什么日子！我这心上压得多重呀！眉，我的眉，怎么好呢？刹那间有千百件事在方寸间起伏，是忧，是虑，是瞻前，是顾后，这笔上哪能写出？眉，我怕，我真怕世界与我们是不能并立的，不是我们把他们打毁成全我们的话，就是他们打毁我们，逼迫我们的死。眉，我悲极了，我胸口隐隐的生痛，我双眼盈盈的热泪，我就要你，我此时要你，我偏不能有你，喔，这难受——恋爱是痛苦的，是的眉，再也没有疑义。眉，我恨不得立刻与你死去，因为只有死可以给我们想望的清静，相互的永远占有。眉，我来献全盘的爱给你，一团火热的真情，整个儿给你，我也盼望你也一样拿整个，完全的爱还我。

世上并不是没有爱，但大多是不纯粹的，有漏洞的，那就不值钱，平常，浅薄。我们是有志气的，决不能放松一屑屑，我们得来一个直纯的榜样。眉，这恋爱是大事情，是难事情，是关生死超生死的事情——如其要到真的境界，那才是神圣，那才是不可侵犯。有同情的朋友是难得的，我们现有少数的朋友，就思想见解论，在中国是第一流。他们都是真爱你我，看重你我，期望你我的。他们要看我们做到一般人做不到的事，实现一般人梦想的境界。他们，我敢说，相信你我有这天赋，有这能力；他们的期望是最难得的，但同时你我负着的责任，那不是玩儿。对己，对友，对社会，对天，我们有奋斗到底，做到十全的责任！眉，你知道我近来心事重极了，晚上睡不着不说，睡着了就来怖梦，种种的顾虑整天像刀光似的在心头乱刺，眉，你又是在这样的环境里嵌着，连自由谈天的机会都没有，咳，这真是哪里说起！眉，我每晚睡在床上寻思时，我仿佛觉着发根里的血液一滴滴的消耗，在忧郁的思念中黑发变成苍白。一天二十四时，心头哪有一刻的平安——除了与你单独相对的俄顷，那是太难得了。眉，我们死去吧，眉，你知道我怎样的爱你，啊眉！比如昨天早上你不来电话，从九时半到十一时我简直像是活抱着炮烙似的受罪，心那么的跳，那么的痛，也不知为什么，说你也不信，我躺在榻上直咬着牙，直翻身喘着哪！后来再也忍不住了，自己拿起了电话，心头那阵的狂跳，差一点把我晕了。谁知你一直睡着没有醒，我这自讨苦吃多可笑，但同时你得知道，眉，在恋中人的心理是最复杂的心理，说是最不合理可以，说是最合理也可以。眉，你肯不肯亲手拿刀割破我的胸膛，挖出我那血淋淋的心留着，算是我给你最后的礼物？

今朝上睡昏昏的只是在你的左右。那怖梦真可怕，仿佛有人用妖法来离间我们，把我迷在一辆车上，整天整夜的飞行了三昼夜，旁边坐着一个瘦长的严肃的妇人，像是运命自身，我昏昏的身体动不得，口开不得，听凭那妖车带着我跑，等得我醒来下车的时候有人来对我说你已另订约了。我说不信，你带约指的手指忽在我眼前闪动。我一见就往石板上一头冲去，一声悲叫，就死在地下——正当你电话铃响把我振醒，我那时虽则醒了，但那一阵的凄惶与悲酸，像是灵魂出了窍似的，可怜呀，眉！我过来正想与你好好的谈半句钟天，偏偏你又得出门就诊去，以后一天就完了，四点以后过的是何等不自然而局促的时刻！我与"先生"谈，也是凄凉万状，我们的影子在荷池圆叶上晃着，我心里只是悲惨，眉呀，你快来伴我死去吧！

最美情话

眉,我恨不得立刻与你死去,因为只有死可以给我们想望的清静,相互的永远占有。眉,我来献全盘的爱给你,一团火热的真情,整个儿给你,我也盼望你也一样拿整个,完全的爱还我。

04

眉，你救了我，我想你这回真的明白了，情感到了真挚而且热烈时，不自主的往极端方向走去，亦难怪我昨夜一个人发狂似的想了一夜，我何尝成心和你生气，我更不会存一丝的怀疑，因为那就是怀疑我自己的生命，我只怪嫌你太孩子气，看事情有时不认清亲疏的区别，又太顾虑，缺乏勇气。须知真爱不是罪（就怕爱而不真，做到真字的绝对义那才做到爱字），在必要时我们得以身殉，与烈士们爱国，宗教家殉道，同是一个意思。你心上还有芥蒂时，还觉得"怕"时，那你的思想就没有完全叫爱染色，你的情没有到晶莹剔透的境界，那就比一块光泽不纯的宝石，价值不能怎样高的。昨晚那个经验，现在事后想来，自有它的功用，你看我活着不能没有你，不单是身体，我要你的性灵，我要你身体完全的爱我，我也要你的性灵完全的化入我的，我要的是你的绝对的全部——因为我献给你的也是绝对的全部，那才当得起一个爱字。在真的互恋里，眉，你可以尽量，尽性的给，把你一切的所有全给你的恋人，再没有任何的保留，隐藏更不须说；这给，你要知道，并不是给，像你送人家一件袍子或是什么，非但不是给掉，这给是真的爱，因为在两情的交流中，给与爱再没有分界；实际是你给的多你愈富有，因为恋情不是像金子似的硬性，它是水流与水流的交抱，有明月穿上了一件轻快的云衣，云彩更美，月色亦更艳了。眉，你懂得不是，我们买东西尚且要挑剔，怕上当，水果不要有蛀洞的，宝石不要有斑点的，布绸不要有皱纹的，爱是人生最伟大的一件事实，如何少得一个完全；一定得整个换整个，整个化入整个，像糖化在水里，才是理想的事业，有了那一天，这一生也就有了交代了。

眉，方才你说你愿意跟我死去，我才放心你爱我是有根了；事实不必有，决心不可不有，因为实际的事变谁都不能测料，到了临场要没有相当准备时，原来神圣的事业立刻就变成了丑陋的顽笑。

世间多的是没志气的人，所以只听见顽笑，真的能认真的能有几个人；我们不可不格外自勉。

我不仅要爱的肉眼认识我的肉身，我要你的灵眼认识我的灵魂。

最美情话

爱是人生最伟大的一件事实,如何少得一个完全;一定得整个换整个,整个化入整个,像糖化在水里,才是理想的事业,有了那一天,这一生也就有了交代了。

眉,今儿下午我实在是饿荒了,压不住上冲的肝气,就这么说吧,倒叫你笑话酸劲儿大,我想想是觉着有些过分的不自持,但同时你当然也懂得我的意思。我盼望,聪明的眉呀,你知道我的心胸不能算不坦白,度量也不能说是过分的窄,我最恨是琐碎地方认真,但大家要分明,名分与了解有了就好办,否则就比如一盘不分疆界的棋,叫人无从下手了。

很多事情是庸人自扰,头脑清明所以是不能少的。

你方才跳舞说一句话很使我自觉难为情,你说"我们还有什么客气?"难道我真的气度不宽,我得好好的反省才是。

眉,我没有怪你的地方,我只要你的思想与我的合并成一体,绝对的泯缝,那就不易见错儿了。

我们得互相体谅;在你我间的一切都得从一个爱字里流出。

我一定听你的话,你叫我几时回南我就回南,你叫我几时往北我就几时往北。

今天本想当人前对你说一句小小的怨语,可没有机会,我想说:"小眉真对不起人,把人家万里路外叫了回来,可连一个清静谈话的机会都没给人家!"下星期西山去一定可以有机会了,我想着就起劲,你呢,眉?

我较深的思想一定得写成诗才能感动你,眉,有时我想就只你一个人真的懂我的诗,爱我的诗,真的我有时恨不得拿自己血管里的血写一首诗给你,叫你知道我爱你是怎样的深。

眉,我的诗魂的滋养全得靠你,你得抱着我的诗魂像抱亲孩子似的,他冷了你得给他穿,他饿了你得喂他食——有你的爱他就不愁饿不愁冻,有你的爱他就有命!

眉,你得引我的思想往更高更大更美处走;假如有一天我思想堕落或是衰败时就是你的羞耻,记着了,眉!

已经三点了,但我不对你说几句话我就别想睡。这时你大概早睡着了,明儿九时半能起吗?我怕还是问题。

你不快活时我最受罪,我应当是第一个有特权有义务给你慰安的人不是?下回无论你怎样受了谁的气不受用时,只要我在你旁边看你一眼或是轻轻的对你说一两个小字,你就应得宽解;你永远不能对我说"Shut up"①(当然你决不会说的,我是说笑话),叫我心里受刀伤。

我们男人,尤其是像我这样的痴子,真也是怪,我们的想头不知是哪样转的,比如说去秋那"一双海电",为什么这一来就叫

---

① 即"别说了"。

一万二千度的热顿时变成了冰，烧得着天的火立刻变成了灰，也许我是太痴了，人间绝对的事情本是少有的。"All or Nothing"①到如今还是我做人的标准。

眉，你真是孩子，你知道你的情感的转向来的多快，一会儿气得话都说不出，一会儿又嚷吃面包了！

今晚与你跳的那一个舞，在我是最enjoy②不过了，我觉得从没有经验过那样浓艳的趣味——你要知道你偶尔唤我时我的心身就化了！

---

① 即"若非全部宁可不要"。
② 即"享受"。

最美情话

我较深的思想一定得写成诗才能感动你,眉,有时我想就只你一个人真的懂我的诗,爱我的诗,真的我有时恨不得拿自己血管里的血写一首诗给你,叫你知道我爱你是怎样的深。

两天不亲近爱眉小札了,真觉得抱歉。

香山去只增添,加深我的懊丧与惆怅,眉,没有一分钟过去不带着想你的痴情,眉,上山,听泉,折花,望远,看星,独步,嗅草,捕虫,寻梦,——哪一处没有你,眉,哪一处不惦着你眉,哪一个心跳不是为着你眉!

我一定得造成你眉;旁人的闲话我愈听愈恼,愈愤愈自信!眉,交给我你的手,我引你到更高处去,我要你托胆的完全信任的把你的手交给我。

我没有别的方法,我就有爱;没有别的天才,就是爱;没有别的能耐,只是爱;没有别的动力,只是爱。

我是极空洞的一个穷人,我也是一个极充实的富人——

我有的只是爱。

眉,这一潭清洌的泉水;你不来洗濯谁来;你不来解渴谁来;你不来照形谁来!

我白天想望的,晚间祈祷的,梦中缠绵的,平旦时神往的——只是爱的成功，那就是生命的成功。

是真爱不能没有力量；是真爱不能没有悲剧的倾向。

眉，"先生"说你意志不坚强，所以目前逢着有阻力的环境倒是好的，因为有阻力的环境是激发意志最强的一个力量，假如阻力再不能激发意志时，那事情也就不易了。这时候各界的看法各各不同，眉，你觉出了没有？有绝对怀疑的；有相对怀疑的；有部分同情的；有完全同情的（那很少，除是老K）；有嫉忌的；有阴谋破坏的（那最危险）；有肯积极助成的；有愿消极帮忙的……都有。但是，眉，听着，一切都跟着你我自身走；只要你我有意志，有气，有勇，加在一个真的情爱上，什么事不成功，真的！

有你在我的怀中，虽则不过几秒钟，我的心头便没有忧愁的踪迹；你不在我的当前，我的心就像挂灯似的悬着。

你为什么不抽空给我写一点？不论多少，抱着你的思想与抱着你的温柔的肉体，同样是我这辈子无上的快乐。

往高处走，眉，往高处走！

我不愿意你过分"爱物"，不愿意你随便花钱，无形中养成"想什么非要到什么不可"的习惯；我将来决不会怎样赚钱的，即使有机会我也不来，因为我认定奢侈的生活不是高尚的生活。

爱，在俭朴的生活中，是有真生命的，像一朵朝露浸着的小草花；在奢华的生活中，即使有爱，不能纯粹，不能自然，像是热屋子里烘出来的花，一半天就衰萎的忧愁。

论精神我主张贵族主义；谈物质我主张平民主义。

眉,你闲着时候想一想,你会不会有一天厌弃你的摩。

不要怕想,想是领到"通"的路上去的。

爱朋友怜惜与照顾也得有个限度,否则就有界限不分明的危险。

小的地方要防,正因为小的地方容易忽略。

最美情话

我没有别的方法,我就有爱;没有别的天才,就是爱;没有别的能耐,只是爱;没有别的动力,只是爱。

我是极空洞的一个穷人,我也是一个极充实的富人——

我有的只是爱。

前几天真不知是怎样过的,眉呀,昨晚到站时"谭谭"背给我听你的来电,他不懂得末尾那个眉字,瞎猜是密码还是什么,我真忍不住笑了——好久不笑了眉,你的摩?

先生真可人,"一切如意——珍重——眉"多可爱呀,救命王菩萨,我的眉!这世界毕竟不是骗人的,我心里又漾着一阵甜味儿,痒齐齐怪难受的,飞一个吻给我至爱的眉,我感谢上苍,真厚待我,眉终究不负我,忍不住又独自笑了。昨夜我住在蒋家,覆去翻来老想着你,哪睡得着,连着蜜甜的叫你嗔你亲你,你知道不,我的爱?

今天捱过好不容易,直到十一时半你的信才来,阿弥陀佛,我上天了。我一壁开信就见着你肥肥的字迹我就乐,想躲着眉,我妈坐在我对桌,我爸躺在床上同声笑着骂了"谁来看你信,这鬼鬼祟祟的干么!"我倒怪不好意思的,念你信时我面上一定很有表情,一忽儿紧皱着眉头,一忽儿笑逐颜开,妈准递眼风给爸笑话我哪!

眉，我真心的小龙，这来才是推开云雾见青天了！我心花怒放就不用提了，眉，我恨不得立刻搂着你，亲你一个气都喘不回来，我的至宝，我的心血，这才是我的好龙儿哪！

你那里是披心沥胆，我这里也打开心肠来收受你的至诚——同时我也不敢不感激我们的"红娘"，他真是你我的恩人——你我还不争气一些！

说也真怪，昨天还是在昏沉地狱里坑着的，这来勇气全回来了，你答应了我的话，你给了我交代，我还不听你话向前做事去，眉，你放心，你的摩也不能不给你一个好"交代！"

今天我对P全讲了，他明白，他说有办法，可不知什么办法！

真厌死人，娘还得跟了来！我本想到南京去接你的，她若来时我连上车站都不便，这多气人，可是我听你话，眉，如今我完全听你话，你要我怎办就怎办，我完全信托你，我耐着——为着你眉。

眉，你几时才能再给我一个甜甜的——我急了！

最美情话

这世界毕竟不是骗人的,我心里又漾着一阵甜味儿,痒齐齐怪难受的,飞一个吻给我至爱的眉,我感谢上苍,真厚待我,眉终究不负我,忍不住又独自笑了。昨夜我住在蒋家,覆去翻来老想着你,哪睡得着,连着蜜甜的叫你嗔你亲你,你知道不,我的爱?

君之所愿，我愿赴汤蹈火以求之

——高君宇·石评梅

  我试图去想现实中的你,想我们在火车和广场上度过的那些短短的时光,那时刻真有光,你看我的时候。

——顾城

经历了生命的起起伏伏，看过了身边的来来往往，我们才明白，在爱情的世界里，遗憾总比圆满多。"择一城终老，遇一人白首"，很多时候不过是难以实现的奢望。高君宇与石评梅，他们一个是才华横溢的青年才俊，一个是民国"四大才女"之一。他们的美好姻缘，才刚刚开始，便如流云般被风吹散了。

石评梅出生于山西书香门第，家学渊源，琴棋书画、诗词歌赋样样精通，与吕碧城、萧红、张爱玲，并称为"民国四大才女"。她不仅学习优异，而且思想进步，还曾组织过女师闹风潮活动。

1920年，在北京山西会馆的同乡聚会上，高君宇与石评梅初次相识。当时，高君宇正在台上做反帝反封建的演讲，石评梅被他的演讲深深地吸引了。两人结识之后，便常有书信往来，还时常相约在陶然亭湖畔散步，共同的理想和志趣，让他们靠得越来越近，情感日渐深厚。

1923年10月，石评梅收到了一封信，信封里是白纸包着的一片红叶，红叶上还有几行题字："满园秋色关不住，一片红叶寄相思。"这字里行间的炽烈与深情让石评梅陷入矛盾和忧虑之中，思量再三，石评梅还是没有接受他的爱意，她在红叶上写了这样一行字："枯萎的花篮不能承受这鲜红的叶儿。"

　　石评梅为何要拒绝高君宇呢？当时，石评梅还没有从初恋失败的阴影中走出来。曾经她与某报社记者吴天放有过一段痛苦的情感纠葛，当她沉浸在初恋的柔情蜜意中时，却发现原来吴天放已经有了妻儿。

　　在遭遇这场以爱之名的欺骗之后，石评梅一蹶不振，她写下誓言："我绝不再恋爱，绝不结婚！今生今世抱独身主义！我可以和任何青年来往，但决不再爱。如果谁想爱我，只能在我的独身主义的利剑面前，陷在永远痛苦的深渊里！"

　　而当时的高君宇也并非单身一人，他曾在18岁时在父亲的包办下，与同县一位李姓女子结婚。虽然这只是一段名存实亡的婚姻，但也不是因初恋失败而变得异常敏感的石评梅所能接受的。

　　为了能够与心爱的人在一起，高君宇回到家乡，在他的努力斡旋下，彻底结束了那段延续十年之久的、没有爱情的婚姻。

　　后来，高君宇在她生日的时候，买了一对象牙戒指，并将其中一枚戒指送给了石评梅，他希望这枚戒指不再有如红叶一样的命运。

　　为了革命而长期奔波劳苦，高君宇脆弱的身体支撑不住病倒了，石评梅来医院照顾他，她的手上戴着那枚象牙戒指，那一刻他心中欢喜无法用语言来形容。

只是他们的爱情终究没能有一个圆满的结局，石评梅虽然在心里接受了他，但依然没有打破"独身主义"的牢笼。而高君宇在出院后不久，再次因病住院，这一次，他永远离开了她的世界。

高君宇的去世给了她很大的打击，也惊醒了她。石评梅陷入了深深的自责之中，她悔恨自己在他生前没有给他一个明确的答复，现在她只能一个人品尝爱情的悲苦。"在人海尘途中，偶然逢见个像你的人，我停步凝视后，这颗心呵！便如秋风横扫落叶般冷森凄零！我默思我已经得到爱的之心，如今只是荒草夕阳下，一座静寂无语的孤冢。"

三年之后，26岁的石评梅因病在北京去世，直到死去，她一直都没有再摘下那枚象牙戒指。人们将他们二人葬在一起，完成了石评梅"生前未能相依共处，愿死后得并葬荒丘"的遗愿。

王家卫在他的电影《2046》中说："爱情这东西，时间很关键。认识得太早或太晚，都不行。"或许正是因为命运弄人，没有让他们在最好的时间遇上彼此。世间最凄美的爱情不是呼天抢地的悲伤，而是刻骨铭心的遗憾。希望尘世间每个人都能在爱情的世界里义无反顾，不留遗憾。

高君宇致石评梅情书节选

01

评梅：

　　蒙你竭诚劝说，我当深深地为伊感谢。惟爱情胡可勉强者？一无爱情而勉强结合，是轻爱情而重伦道，且必增益伊之痛苦；我心今日固空洞无依，然觉此痛苦犹小于与一不爱之人相处；若设身处地，伊又何能不感如此？君亦何不为我设想者？若谓此为残忍不人道，诚为人间一种极可抱憾之事。惟此当罪制度，问彼何为要干预人间结合；若责我，则我亦啮残下之牺牲者，又当向何处诉说？自然我也极对不起伊，惟其感觉如此，故常思解伊出我们之束缚；数月来更决念："若我心得回应者，伊我桎梏必须破除。"在我则觉如是方对得起伊，在君不将以之为更不人道耶？

　　吾们处此过渡时代，哪能不有痛苦？不使痛苦增加扩大，我们的能力恐怕就够做了！在今日"说不觉悟却又似明了，说觉悟却又不彻底"的思想进程之下，究还有几多人能安心于纯制度的生活？究能有几多人，能放弃制度地位于不顾，而只以得到爱情生活为满足？陷入此两种痛苦者多矣，吾人虽欲救之，又胡能救之！

若君之劝说，在恐我将来又不免纠缠，故急切为自己摆脱，此则大可不必。我心中如何是一事，我要求与否又是一事！

我当为己计者少，为君计者多，近日精神虽不振如极倦，知君已恢复平静无恐怖之情境，则不禁雀跃喜欣为君祝贺。

人生悲欢，梦里云烟耳，心衣血痕何妨洗却？吾心已为Venus①之利箭穿贯了，然我决不伏泣于此利箭，将努力去开辟一新生命。惟我两人所希望之新生命是否相同？我愿君告我君信所指之"新生命"之计划，许否？

我现在心中无烦念，更无痛苦，望勿以为念；但愿你无痛苦！

我们隔膜完全去了，世界平静了，人间公正之心应当笑了。

K.J.
12月23日夜

---

① 即"维纳斯"。

最美情话

我当为己计者少,为君计者多,近日精神虽不振如极倦,知君已恢复平静无恐怖之情境,则不禁雀跃喜欣为君祝贺。

评梅：

你中秋前一日的信，我于上船前一日接到。此信你说可以做我唯一知己的朋友。前于此的一信又说我们可以做以事业度过这一生的同志。你只会答复人家不需要的答复，你只会与大家订不需要的约束。

你明白的告诉我之后，我并不感到我消息的突兀，我只觉得心中万分凄怆！我一边难过的是：世上只有吮血的人们是反对我们的，何以我唯一敬爱的人也不能同情于我们？我一边又替我自己难过，我已将一个心整个交给伊，何以事业上又不能使伊顺意？我是有两个世界的：一个世界一切都是属于你的，我是连灵魂都永禁的俘虏；在另一个世界里，我是不属于你，更不属于我自己，我只是历史使命的走卒。假使我要为自己打算，我可以去做禄蠹了，你不是也不希望我这样做吗？你不满意于我的事业，但却万分恳切地劝勉我努力此种事业；让我再不忆起你让步于吮血世界的结论，只悠悠地钦佩你牺牲自己而鼓励别人的侠义精神！

我何尝不知道：你是南北飘零，生活在风波之中，我何忍使你同入此不安之状态，所以我决定：你的所愿，我将赴汤蹈火以求之，你的所不愿，我将赴汤蹈火以阻之。不能这样，我怎能说是爱你！从此我的决心为我的事业奋斗，就这样飘零孤独度此一生，人生数十寒暑，死期忽忽即至，奚必坚执情感以为是。你不要以为对不起我，更不要为我伤心。

这些你都要奇怪，我们是希望海上没有浪的，它应平静如镜，可是我们又怎能使海上无浪？从此我已是傀儡生命了，为了你死，亦可以为了你生，你不能为了这样可傲慢一切的情形而愉快吗？我希望你从此愉快，但凡你能愉快，这世上是没有什么可使我悲哀了！

双十节商团袭击，我手曾受微伤。不知是幸呢还是不幸，流弹洞穿了汽车的玻璃，而我能坐在车里不死！这里我还留着几块玻璃，见你时赠你做个纪念。昨天，我忽然很早起来跑到店里购了两个象牙戒指。一个大点的我自己带在手上，一个小的我寄给你，愿你接受了它。或许你不忍吧！再令它交口红叶一样的命运。愿我们用"白"来纪念这枯骨般死静的生命。

写到这里，我望望海水，海水是那样平静。好吧，我们互相遵守这些，去建筑一个富丽辉煌的生命，不理他生也好，死也好。

1924年9月22日

最美情话

你的所愿,我将赴汤蹈火以求之,你的所不愿,我将赴汤蹈火以阻之。不能这样,我怎能说是爱你!

王闹然
抖音号:110120hahaha
104.5w获赞 25.5w粉丝
使用抖音扫码加我好友

石评梅致高君宇情书节选

宇哥：

　　我如今是更冷静、更沉默地挟着过去的遗什，走向未来的。我四周有狂风，然而我是掀不起波澜的深潭；我前边有巨涛，然而我是激不出声响的顽石。

　　颠沛搏斗中的我是生命的战士，是极勇敢、极郑重、极严肃的向未来的城堡进攻的战士。我是不断的有新境遇、不断的有新生命的；我是为了真实而奋斗，不是为了追逐幻想而疲奔的。宇哥，你满意吗？

　　知道了我的走向、人生的目标，宇哥，一年来我虽然有不少的哀号和悲忆，你也不须为生的我再抱遗憾和不安。如今我是一道舒畅平静向大海去的奔流，纵然缘途出峡巨谷中或许发出凄痛的鸣咽，那只是积沙岩石漩涡：中击的原因，相信它是会得到平静的，会得到创造真实生命的愉快的，它是一直奔到大海去的。

　　宇哥，你的生命虽不幸，早被腐蚀而夭逝，不过我也不过分的再悼感你在宇宙间曾存留的幻体。我相信只要我自己的生命闪耀存在于宇宙一天，你便是和我同在的。所以我便牺牲人间一切的虚荣和幸福，在这冷垆上，在你的坟墓上，培植我用血泪浇洒的这束野花，来装饰点缀我们自己创造下的生命。

几年之后，世变几迁，然而我的心，是依然这样平静冷寂的，抱持着我理想上的真实而努力。有时我低泣，有时我痛哭。低泣，你给与我的死寂；痛哭，你给与我的深爱。然而有时我也很快乐，我也很骄傲。我是睥视世人微微含笑，我们圣洁的、高傲的、孤清的生命，是巍然峙立于皑皑的云端。

生命的圆满，生命的圆满，有几个懂得生命的圆满？那一般庸愚人的圆满，正是我最避忌恐怖的缺陷。我们的生命是肉体和骨头吗？假如我们的生命是可以毁灭的幻体，那么，宇哥！我的这颗迂回潜隐的心，也早应随你的幻体而消逝。我如今认识了一个完成的圆满生命是不能消灭，不能丢弃，不能忘记；换句话说，就是永远存在。多少人都希望我毁灭、丢弃、忘记，把我已完成的圆满生命抛去。我终于不能。才知道我们的生命并未死，仍然活着，向前走着，在无限的高处创造建设着。

我相信你的灵魂，你的永远不死的心，你的在我心里永存的生命；是能鼓励我，指示我，安慰我这孤寂凄清的人生旅途。我如今是愿挑上这副担子走向遥远的，黑暗的，荆棘的生到死的道上。一头我挑着已有的收获，一头我挑着未来的耕耘，这样一步一步走向无穷的。宇哥，你明白我的心吗？

像我目下这样夜静时的心情，能这样平静地写这封信给你，你也许会奇怪我吧！我已不是从前鸣因哀号，颓丧消沉的我。我是沉默深刻，容忍涵蓄一切人间的哀痛，而努力去寻求生命的真确的战士。

这世界，这世界，四处都是荆棘，四处都是刀兵，四处都是屠杀，四处都是喘息着生和死的呻吟，四处都洒滴着血和泪的遗痕。我是撑着这弱小的身躯，投入在这腥风血雨中搏战着走向前去的战士，直到我倒毙在战场上为止。

我并不感伤一切既往，我是深谢着你是我生命的盾牌，你是我灵魂的主宰，从此我是在流，平静的流，流到大海的一道清泉。宇哥，几年里，我是在辗转哀吟，流连痛苦，搏风击雨之中，我能告诉你的，大概只有这些话。

你永久的沉默死寂的灵魂啊！

我致献这一篇哀词于你的孤冢前！

宇哥！宇哥！我的生生死死的恋人呵！

最美情话

我并不感伤一切既往,我是深谢着你是我生命的盾牌,你是我灵魂的主宰,从此我是在流,平静的流,流到大海的一道清泉。

只愿天下情侣，不再有泪如你

——林觉民·陈意映

　　你是一树一树的花开,是燕在梁间的呢喃,你是爱,是暖,是希望,你是人间四月天。

——林徽因

自古以来,多少痴男怨女终其一生都在追逐爱情的真谛,他们为爱痴狂,为爱悲痛,为爱欣喜,甚至为爱殉情。元好问在《摸鱼儿·雁丘词》中也不禁感慨:"问世间,情为何物,直教生死相许?"

到底什么样的感情才能称为爱情呢?百余年前,一位胸怀天下的热血青年,用一纸情书为我们作出了完美的解答。这位青年就是黄花岗七十二烈士之一的林觉民,而他在就义前写给妻子陈意映的一封书信《与妻书》被誉为"中国第一情书"。

林觉民出生于清末福建福州的三坊七巷,林家是当地的名门望族。他幼年时过继给叔父林孝颖。林觉民天性聪慧,读书过目不忘,但他无意获取功名,遂考入全闽大学堂,开始接受民主革命思想,推崇自由平等学说。

他和她的爱情,是那个年代最为常见的父母之命媒妁之言。妻子陈意映是大家闺秀,耽诗书,好吟咏,还曾为《红楼梦》中的人物写过诗卷。两人新婚燕尔，终日厮守，他们并肩携手，赏梅玩月，低声私语，在日复一日的相处中，感情愈加甜蜜、深厚。

林觉民留学日本后，曾在一篇记录两人婚后缠绵悱恻的感情生活的文章《原爱》中说："吾妻性癖好尚，与君绝同，天真烂漫真女子也。"在那样岁月动荡、风雨飘摇的年代里，能有一份真挚的爱情弥足珍贵。

在日本留学期间，林觉民加入了中国同盟会，开始积极宣扬革命思想，掀起革命热潮。1911年春天，他突然返家，妻子陈意映万分欣喜，而林父却很惊诧，林觉民借口学校放樱花假，回国与友人一同游玩，以此来敷衍林父。

此次归家，林觉民与陈意映并没有像以前一样花前月下，进进出出的步伐也十分匆忙。陈意映知道自己的丈夫在做什么，她只是央求林觉民，即使今后远行，也要带上她一起。

然而，当时的陈意映已经有了八个月的身孕，走路也十分笨拙，身体无法承受长期的颠簸和惊扰。因此，林觉民为了革命，毅然决然地抛下心头的不舍，离开福州，前往香港。

这一去，就是永诀。

1911年4月24日的夜里，林觉民挑灯写下了两封书信，一封是写给父亲林孝颖的《禀父书》，另一封则是写给妻子陈意映的《与妻书》。次日，他拿着两封书信嘱托友人：我死，幸为转达。

这是林觉民在生命终结前最后对妻子的深情告白。在信中，他说，正是因为她的真挚爱意，才让他有勇气赴死，帮助天下人爱他们所爱的人。

4月27日，黄花岗起义失败，林觉民受伤被俘。身陷囹圄的林觉民没有屈服，面对清廷两广总督张鸣岐和水师提督李准，他"侃侃而谈，畅论世界大势，以笔立言，立尽两纸，书至激烈处，解衣磅礴，以手捶胸"。即使是身为敌人的张鸣岐也不由赞叹，林觉民"面貌如玉，心肠如铁，心地光明如雪，称得上奇男子"。

他最终还是被无情地杀害，时年24岁。

在收到林觉民的书信后，陈意映悲痛欲绝，一心求死，在林觉民父母的跪求下，她才强忍悲痛，为了腹中的孩子活了下来。一个月后，陈意映早产，生下了次子林仲新。两年之后，陈意映终因悲伤过度而病逝，年仅22岁。

光阴易逝情难忘，《与妻书》之所以感人至深，就在于它字字泣血，处处都是化不开的浓情，缠绵悱恻而又豪情满怀。他们的爱情超越了生与死的界限，超越了时间与空间，不断地被人解读、吟咏、怀念。

林觉民致陈意映情书节选

01

意映卿卿如晤：

吾今以此书与汝永别矣！吾作此书时，尚是世中一人；汝看此书时，吾已成为阴间一鬼。吾作此书，泪珠和笔墨齐下，不能竟书而欲搁笔，又恐汝不察吾衷，谓吾忍舍汝而死，谓吾不知汝之不欲吾死也，故遂忍悲为汝言之。

吾至爱汝，即此爱汝一念，使吾勇于就死也。吾自遇汝以来，常愿天下有情人都成眷属；然遍地腥云，满街狼犬，称心快意，几家能彀？司马青衫，吾不能学太上之忘情也。语云：仁者"老吾老，以及人之老；幼吾幼，以及人之幼"。吾充吾爱汝之心，助天下人爱其所爱，所以敢先汝而死，不顾汝也。汝体吾此心，于啼泣之余，亦以天下人为念，当亦乐牺牲吾身与汝身之福利，为天下人谋永福也。汝其勿悲！

汝忆否？四五年前某夕，吾尝语曰："与使吾先死也，无宁汝先我而死。"汝初闻言而怒，后经吾婉解，虽不谓吾言为是，而亦无词相答。吾之意盖谓以汝之弱，必不能禁失吾之悲，吾先死，留苦与汝，吾心不忍，故宁请汝先死，吾担悲也。嗟夫！谁知吾卒先汝而死乎？

吾真真不能忘汝也！回忆后街之屋，入门穿廊，过前后厅，又三四折，有小厅，厅旁一室，为吾与汝双栖之所。初婚三四个月，适冬之望日前后，窗外疏梅筛月影，依稀掩映；吾与并肩携手，低低切切，何事不语？何情不诉？及今思之，空余泪痕。又回忆六七年前，吾之逃家复归也，汝泣告我："望今后有远行，必以告妾，妾愿随君行。"吾亦既许汝矣。前十余日回家，即欲乘便以此行之事语汝，及与汝相对，又不能启口，且以汝之有身也，更恐不胜悲，故惟日日呼酒买醉。嗟夫！当时余心之悲，盖不能以寸管形容之。

吾诚愿与汝相守以死，第以今日事势观之，天灾可以死，盗贼可以死，瓜分之日可以死，奸官污吏虐民可以死，吾辈处今日之中国，国中无地无时不可以死。到那时使吾眼睁睁看汝死，或使汝眼睁睁看吾死，吾能之乎？抑汝能之乎？即可不死，而离散不相见，徒使两地眼成穿而骨化石，试问古来几曾见破镜能重圆？则较死为苦也，将奈之何？今日吾与汝幸双健。天下人不当死而死与不愿离而离者，不可数计，钟情如我辈者，能忍之乎？此吾所以敢率性就死不顾汝也。吾今死无余憾，国事成不成自有同志者在。依新已五岁，转眼成人，汝其善抚之，使之肖我。汝腹中之物，吾疑其女也，女必像汝，吾心甚慰。或又是男，则亦教其以父志为志,则吾死后尚有二意洞在也。幸甚,幸甚!吾家后日当甚贫,贫无所苦,清静过日而已。

吾今与汝无言矣。吾居九泉之下遥闻汝哭声,当哭相和也。吾平日不信有鬼,今则又望其真有。今是人又言心电感应有道,吾亦望其言是实,则吾之死,吾灵尚依依旁汝也,汝不必以无侣悲。

吾平生未尝以吾所志语汝,是吾不是处;然语之,又恐汝日日为吾担忧。吾牺牲百死而不辞,而使汝担忧,的的非吾所忍。吾爱汝至,所以为汝谋者惟恐未尽。汝幸而偶我,又何不幸而生今日中国!吾幸而得汝,又何不幸而生今日之中国!卒不忍独善其身。嗟夫!巾短情长,所未尽者,尚有万千,汝可以模拟得之。吾今不能见汝矣!汝不能舍吾,其时时于梦中得我乎?一恸。

辛未三月廿六夜四鼓,意洞手书。

家中诸母皆通文,有不解处,望请其指教,当尽吾意为幸。

【译文】

意映爱妻,见字如面:

我现在要用这封信跟你永远分别了!我在写这封信的时候,还是人世间一个人;当你看到这封信的时候,我已经成为阴间一鬼。我在写这封信时,泪水和笔墨一齐落下,还没有写完就想放下笔,又怕你不了解我的苦衷,说我忍心抛弃你去死,说我不知道你不想让我死,所以就强忍着悲痛给你说这些话。

我非常爱你,也就是爱你的这一念头,让我勇敢地走向死亡呀。我自从结识你以来,常常希望天下的有情人都能结为恩爱夫妻;然而遍地血腥阴云,满街凶狼恶犬,有几家能够称心快意地过日子呢?人民的苦难让我像白居易一样泪湿青衫,我不能学古代的圣人那样忘掉感情啊。古语说:仁爱的人"尊敬自己的老人,从而推及尊敬别人的老人,爱护自己的儿女,从而推及爱护别人的儿女"。我扩充一片我爱你的心,帮助天下人爱他们所爱的人,所以我才敢在你之前死而不顾你呀。你要体谅我的一片苦心,在哭泣之余,也从天下人的幸福着想,应该也乐意牺牲我和你个人的福利,替天下人谋求永久的幸福了。你不要悲伤!

你还记得吗?四五年前的一个晚上,我曾经对你说:"与其让我先死,不如让你先死。"你刚开始听了这话很生气,后来经过我委婉的解释,你虽然不认为我的话是对的,但也无话可答。我的意思是说凭你的纤弱的身体,一定经受不住失去我的悲痛,我先死,把痛苦留给你,我内心不忍,所以宁愿希望你先死,让我来承担悲痛吧。唉!谁知道我终究比你先死呢?

我真的难以忘记你啊!回忆后街上我们的家,进入大门,穿过走廊,经过前厅和后厅,又转三四个弯,有一个小厅,小厅旁有一间房,那是我和你共同居住的地方。我们新婚三四个月的时候,正赶上冬月十五日前后,窗外稀疏的梅枝筛下月影遮掩映衬;

我和你并肩携手，低声私语，什么事不说？什么感情不倾诉呢？到现在回想起当时的情景，只剩下泪痕。又回忆起六七年前，我背着家里人出走又回到家时，你小声哭着告诉我："希望你今后出门远行，一定要告诉我，我愿随你前往。"我也已经答应你了。十几天前回家，就想顺便把这次远行的事告诉你，等到跟你面对时，又开不了口，况且你已经有了身孕，我怕你承受不住悲痛，所以只能每天喝酒买醉。唉！当时我内心的悲痛，是不能用笔墨来形容的。

　　我真的很想执子之手，与子偕老，但是以现在的局势来看，天灾可以使人死亡，盗贼可以使人死亡，列强瓜分中国的时候可以使人死亡，贪官污吏虐待百姓可以使人死亡，我们这辈人身处今天的中国，国家内无时无地不可以使人死亡。到那时让我眼睁睁看你死，或者让你眼睁睁看我死，我能够这样吗？还是你能这样做呢？即使能不死，但是夫妻离别分散不能相见，白白地使我们望眼欲穿，化骨为石，试问，自古以来有几对夫妻离散之后破镜能重圆的？那么这种生离比死别要痛苦啊，那该怎么办呢？今天我和你幸好双双健在，天下的不应当死却死了和不愿意分离却分离了的人，不计其数，像我们这样感情浓烈真挚的人，能忍看这种惨状吗？这是我敢于毅然去死而舍你不顾的缘由啊！我现在死去没有什么遗憾，国家大事成功与不成功自有同志们在继续奋斗。依新已经五岁了，转眼就要长大成人，希望你好好地抚养他，让他像我一样以天下为己任。你腹中怀着的孩子，我猜她是个女孩，是女孩一定像你，（如果是那样）我心里非常欣慰。或许又是个男孩，那么你就教育他，让他以他的父亲的志向为志向，那么，我就后继有人了。幸甚，幸甚！我们家以后的生活该会很贫困，但贫困不要紧，清清静静过日子罢了。

我现在不再跟你多说什么了。我在九泉之下，远远地听到你的哭声，应当也用哭声相应和。我平时不相信有鬼，现在却又希望真的有。现在又有人提出有心电感应的说法，我也希望这种说法是真的。那么就算我死了，我的灵魂还能依依不舍地伴着你，你不必因为失去伴侣而悲伤了。

我平素不曾把我的志向告诉你，这是我的不对的地方；可是告诉你，又怕你天天为我担忧。我为国牺牲，死一百次也不推辞，可是让你担忧，的确不是我能忍受的。我爱你到了极点，所以替你打算的事情唯恐不周全。你有幸嫁给了我，可又如此不幸生在今天的中国！我有幸娶到你，可不幸的也是生在今天的中国！我终究不忍心只顾全自己。唉！方巾短小情义深长，没有写完的心里话，还有成千上万，你可以想象得到。我现今再也不能见到你了，你又不能忘掉我，大概你会在梦中见到我吧，写到这里太悲痛了！

辛未年三月二十六日深夜四更，意洞亲笔。

家中各位伯母、叔母都通晓文字，你有不理解的地方，希望请她们指教。一定要完全理解我的意思，这是我最后的希望。

最美情话

吾之意盖谓以汝之弱,必不能禁失吾之悲,吾先死,留苦与汝,吾心不忍,故宁请汝先死,吾担悲也。

嗟夫!巾短情长,所未尽者,尚有万千,汝可以模拟得之。吾今不能见汝矣!汝不能舍吾,其时时于梦中得我乎?一恸。

雪女士
抖音号:Xueyan666
121.0w获赞 18.8w粉丝

使用抖音扫码加我好友

任凭弱水三千,我只取一瓢饮

——鲁迅·许广平

人生苦短,我不应该有负苍天,既然老天爷让我活下来,是为了让我爱你。

——林语堂

爱情在那个新旧交替、动荡不安的时代里，无疑是个奢侈的词汇。大部分人的婚姻都是不自由的，胡适、林语堂、徐志摩、闻一多……都是如此。被称为时代斗士的鲁迅先生也不例外。

在与朱安女士结婚之前，鲁迅已与他的表妹"鲁琴姑"缔结了婚约，他们青梅竹马，心有灵犀，双方的父母也都同意结亲。但是，在合八字时，有人说双方属相不合，命里犯冲，鲁迅的母亲便不再提及这门亲事。

琴姑父母久等周家娶亲，却毫无消息，只好将琴姑另嫁他人，但是没过多久，琴姑便一病不起，含恨去世了。就这样，一段美好的姻缘化为了泡影。

1906年，正在日本留学的鲁迅接到了国内的电报："母病危，速归"。可是当他匆匆忙忙赶回家，才发现等待他的是一场婚礼。孝顺的鲁迅只好按捺住心中的不快，与一位素未谋面的女子朱安拜堂成亲。

这场婚姻对于鲁迅来说就像一把枷锁，让他负重前行，让他的心包裹了一层厚厚的坚壳，让他的情感找不到依托。后来他还对好友许寿裳诉苦："这是母亲给我的一件礼物，我只能好好地供养她，爱情是我所不知道的。"

直到1923年，他遇上了命中注定的那个人——许广平。

当时的许广平还是女师大的一名学生，鲁迅则是兼任女师大的国文教授。他们的爱情也是由一封书信开始的，起初的通信并没有恋情的痕迹，只是老师与学生之间关于社会、人生诸多问题的请教与探讨。

但是随着通信的逐渐增加，两人之间的情感也由最开始的师生情迅速升温为爱情。信件中也由开始的探讨问题变为描写生活中的琐事。

从1925年的第一封信开始，到1927年1月两人走到一起，近两年的时间里，鲁迅与许广平写了135封信。两人之间的称呼也从最开始的"鲁迅先生""广平兄"，到后来的"小白象""小刺猬"。

当时，听鲁迅讲课的女学生很多，他在信中主动对许广平保证说："听讲的学生倒多起来了，大概有许多是别科的。女生共五人。我决定目不斜视，而且将来永远如此。"

在当今很多人的心目中，身为一代大文豪的鲁迅先生似乎永远是一副横眉冷目、怒发冲冠的斗士的样子。其实，恋爱中的鲁迅也和普通人一样并没有什么不同，信中的他孩子气十足，率真、柔情甚至有些淘气无赖。

在他们的恋爱中，许广平大胆、热切，步步为"赢"，鲁迅则是节节败退。正是许广平的坚持与勇气，让鲁迅放开了身上的枷锁，打破了心上的坚壳，他不再瞻前顾后，高调地宣布：我可以爱。面对社会上和周围人的闲言碎语，鲁迅在信中说："我想即同在一校也无妨，偏要在同一校，管他妈的。"

两人婚后的生活也是十分和谐美满，许广平主动照料鲁迅日常起居，让他能够安心写作。鲁迅的每一餐都是由她精挑细选，"菜拣嫩的，不要茎，只要叶，鱼肉之类，拣烧得软的，没有骨头没有刺的"。

或许是因为爱情来得不易，所以即使短暂的分离，也会有刻骨的思恋。正如许广平在信中所写的那样："我寄你的信，总喜欢送到邮局，不喜欢放在街边绿色铁筒内，我总疑心那里是要慢一点的，然而也不喜欢托人带出去，于是我就慢慢的走出去，说是散步，信收在衣袋内，明知被人知道也不要紧，但这些事自然而然似觉含有秘密性似的。"

在他们相识十年时，鲁迅赋诗题赠许广平："十年携手共艰危，以沫相濡亦可衰。聊借画图怡倦眼，此中甘苦两心知。"

1936年，鲁迅病逝于上海大陆新村寓所。离世前，他写道："忘记我，管自己的生活。"然而，在鲁迅离世后，许广平殚精竭虑，为整理鲁迅的手稿、书信、遗物等花费大量心血，直到她生命结束时，仍在为保护鲁迅的手稿四处奔走。他虽已不在身边，她却仍以另一种方式爱着。

鲁迅与许广平的爱情并不算多么轰轰烈烈，更多的是平淡和相守。或许爱情本该就是这般模样，相濡以沫，相知相守，永远不会随时光褪色。有了它，就让我们拥有了面对一切的勇气。

鲁迅致许广平情书节选

乖姑！小刺猬！

在沪宁车上，总算得了一个坐位；渡江上了平浦通车，也居然定着一张卧床。这就好了。吃过一元半的夜饭，十一点睡觉，从此一直睡到第二天十二点钟，醒来时，不但已出江苏境，并且通过了安徽界蚌埠，到山东界了。不知道刺猬可能如此大睡，我怕她鼻子冻冷，不能这样。

车上和渡江的船上，遇见许多熟人，如马幼渔的侄子，齐寿山的朋友，未名社的一伙；还有几个阔人，说是我的学生，但我不识他们了。那么，我的到北平，昨今两日，必已为许多人所知道。

今天午后到前门站，一切大抵如旧，因为正值妙峰山香市，所以倒并不冷静。正大风，饱餐了三年未吃的灰尘。下午发一电，我想，倘快，则十六日下午可达上海了。

家里一切如旧，母亲精神形貌仍如三年前，她说，害马为什么不同来呢？我答以有点不舒服。其实我在车上曾想过，这种震动法，于乖姑是不相宜的。但母亲近来的见闻范围似很窄，她总是同我谈八道湾，这于我是毫无关心的，所以我也不想多说我们的事，因为恐怕于她也不见得有什么兴趣。平常似常常有客来住，多至四五个月，连我的日记本子也都打开过了，这非常可恶，大约是姓车的男人所为。他的女人，廿六七又要来了，那自然，这就使我不能多住。

  不过这种情形，我倒并不气，也不高兴，久说必须回家一趟，现在是回来了，了却一件事，总是好的。此刻是十二点，却很静，和上海大不相同。我不知乖姑睡了没有？我觉得她一定还未睡着，以为我正在大谈三年来的经历了。其实并未大谈，我现在只望乖姑要乖，保养自己，我也当平心和气，度过预定的时光，不使小刺猬忧虑。

  今天就是这样罢，下回再谈。

五月十五夜

最美情话

我不知乖姑睡了没有？我觉得她一定还未睡着，以为我正在大谈三年来的经历了。其实并未大谈，我现在只望乖姑要乖，保养自己，我也当平心和气，度过预定的时光，不使小刺猬忧虑。

02

小刺猬：

　　二十一日午后发了一封信，晚上便收到十七日来信，今天上午又收到十八日来信，每信五天，好像交通十分准确似的。但我赴沪时想坐船，据凤举说，倭船并不坏，二等六十元，不过比火车为慢而已。至于风浪，则夏季一向很平静。但究竟如何，则须俟十天以后看情形决定。不过我是总想于六月四五日动身的，所以此信到时，倘是廿八九，那就不必写信来了。

　　我到北平，已一星期，其间无非是吃饭睡觉，访人，陪客，此外无事可为。文章是没有一句。昨天访了几个教育部旧同事，都穷透了，没有事做，又不能回家。今天和张凤举谈了两点钟天，傍晚往燕京大学讲演了一点钟，听的人很多。我照例从成仿吾一直骂到徐志摩，燕大是现代派信徒居多——大约因为冰心在此之故——给我一骂，很吃惊。有些人说，燕大是有钱而请不到好教员，说我可以来此教书了。我答以我奔波多年，现已心粗气浮，不能教书了。小刺猬，我想，这些优缺，还是让他们绅士们去占有罢，咱们还是漂流几天再说的好。沈士远也在那里做教授，全家住在那里，但我并不去访他。

今天寄到一本《红玫瑰》，陈西滢和凌叔华的照片都登上了，胡适之的诗载于《礼拜六》，他们的像见于《红玫瑰》，真是"物以类聚"。

云南腿已经将近吃完，是很好的，肉多，油也足，可惜这里的做法千篇一律，总是蒸。听说明天要吃酱腿了，但大约也还是蒸。每天饭菜，大同小异，实在吃得厌烦了，不过饭量并不减，你不要神经过敏为要。鱼肝油带来的已吃完，买了一瓶，这里的价钱是二元二角。

吕云章未到西三条来，所以不知道她住在何处；小鹿也没有来过。

这里很热，可穿纱衫了，雨是久已不下，比之南方的梅天，真是大不相同。所有带来的夹衣，都已无用，何况绒衫。我从明天起，想去看牙齿，大约有一星期，总可以补好了。至于时局，若以询人，则因其人之派别，而所答不同，所以我也并不深究，总之，到下月初，京津车总该是可走的，那么，就可以了。

小刺猬，这里的空气，真是沉静，和上海的动荡烦扰，大不相同，所以我是平安的；但只因为欠缺一件事，因而也静不下，惟看来信，知道小刺猬在上海也很乖，于是也就暂自宽慰了。小刺猬要这样继续摄生，万勿疏懈才好。

转告老三：汇票到了，但取款须用印章，今名字写错，不知能取出否。两三天内当去一试，看结果再说。

小白象

五月廿二夜一时

最美情话

小刺猬,这里的空气,真是沉静,和上海的动荡烦扰,大不相同,所以我是平安的;但只因为欠缺一件事,因而也静不下,惟看来信,知道小刺猬在上海也很乖,于是也就暂自宽慰了。小刺猬要这样继续摄生,万勿疏懈才好。

03

小刺猬：

　　此刻是二十九夜十二点，原以为可得你的来信的了，因为我料定你于廿一日的信以后，必已发了昨今可到的两三信，但今未得，这一定是被奉安列车耽搁了，听说星期一的通车，还没有到哩。

　　今天上午来了一个客。下午到未名社去，晚上他们邀我去吃晚饭，在东安市场的森隆饭店；七点钟到北大第二院演讲一小时，听者有千余人，大礼堂为之满，大约北平寂寞已久，所以学生们很以这类事为新鲜了。八时尹默凤举等又为我饯行，仍在森隆，不得不赴，但吃得少些，十一点才回寓。现已吃了三粒消化丸，写了这一张信，便将睡觉了，因为明天早晨，便当往西山看素园去。

　　听说，燕大的有几个教员，怕学生留我教书，发生恐怖了。你看，这和厦门大学何异？但我何至于"与鸡鹜争食"乎？

　　今天虽因得不到来信，略觉怅怅，但我知道迟延的原因，所以睡得着的,并遥祝小刺猬在上海也睡得安适。

二十九夜

三十日午后二时,我从西山看韦素园回来,果然得到小刺猬的廿三及廿五日两封信,彼此都为邮局送信的忽迟忽早所捉弄,真是令人生气。但我知道小刺猬已经得到我的信,略得安慰,也就稍稍得到安慰了。

今天我是早晨八点钟上山的,用的是摩托车,并霁野等共五人。素园还不准起坐,也很瘦,但精神却好,他很喜欢,谈了许多闲天。据丛芜说,关于我们的事,他闻之于马季铭(燕大国文系主任),马则云周作人所说的。其实不过是怕我去抢饭碗,即我们不住一处,他们也当另觅排斥的理由。然而我流宕三年了,何至于忽而去抢饭碗呢,这些地方,我觉得他们实在比我小气。

今天得小峰信,云因战事,书店生意皆不佳,但汇给(由分店)我二百元,不过此款现在还未送来。

你廿五的信,今天到了,似交通尚好,但四五日后,却不一定了。三日能走则走,否则当改海道,不过到沪当在十日前后了。总之,我当择最稳当而舒服的走法,决不冒险,使我的小莲蓬担心的。现在精神也很好,千万放心,我决不肯将小刺猬的小白象,独在北平而有一点损失,使小刺猬心疼。

你的五月卅日下午五点

最美情话

我当择最稳当而舒服的走法,决不冒险,使我的小莲蓬担心的。现在精神也很好,千万放心,我决不肯将小刺猬的小白象,独在北平而有一点损失,使小刺猬心疼。

小莲蓬而小刺猬：

现在是三十日之夜一点钟，我快要睡了；下午已寄出一信，但我还想讲几句话，所以再写一点。

前几天，董秋芳给我一信，说他先前的事，要我查考鉴察。我哪有这些工夫来查考他的事状呢，置之不答。下午从西山回，他却等在客厅中，并且知道他还先向母亲房里乱攻，空气甚为紧张。我立即出而大骂之，他竟毫不反抗，反说非常甘心。我看他未免太无刚骨，然而他自说其实是勇士，独对于我，却不反抗。我说我却愿意人对我来反抗。他却道正因如此，所以佩服而不反抗者也。我也为之好笑，乃笑而送出之。大约此后当不再来缠绕了罢。

晚上来了两个人，一个是为孙祥偈翻电报之台（静农），一个是帮我校《唐宋传奇集》之魏（建功），同吃晚饭，谈得很畅快。和上午之纵谈于西山，都是近来快事。他们对于北平学界现状，俱颇不满。我想，此地之先前和"正人君子"战斗之诸公，倘不自己小心，怕就也要变成"正人君子"了。各种劳劳，从我看来，很可不必。我自从到北平后，觉得非常自在，于他们一切言动，甚为漠然；即下午之面斥董公，事后也毫不气忿，因叹在寂寞之世界里，虽欲得一可以对垒之敌人，亦不易也。

小刺猬，我们之相处，实有深因，它们以它们自己的心，来相窥探猜测，哪里会明白呢。我到这里一看，更确知我们之并不渺小。

这两星期以来，我一点也不颓唐，但此刻遥想小刺猬之采办布帛之类，预为小小白象经营，实是乖得可怜，这种性质，真是怎么好呢。我应该快到上海，去管住她。

（三十日夜一点半）

小刺猬，三十一日早晨，被母亲叫醒，睡眠时间少了一点，所以晚上九点钟便睡去，一觉醒来，此刻已是三点钟了。冲了一碗茶，坐在桌前，遥想小刺猬大约是躺着，但不知是睡着还是醒着。五月三十一这天，没有什么事。但下午有三个日本人来看我所藏的关于佛教石刻拓本，颇诧异于收集之多，力劝我作目录。这自然也是我所能为之一，我以外，大约别人也未必做的了，然而我此刻也并无此意。晚间，宋紫佩已为我购得车票，是三日午后二时开，他在报馆中，知道车还可以坐，至多不过误点（迟到）而已。所以我定于三日启行，有一星期，就可以面谈了，此信发后，拟不再寄信，倘在南京停留，自然当从那里再发一封。

（六月一日黎明前三点）

哥姑：

写了以上的几行信以后，又写了几封给人的回信，天也亮起来了，还有一篇讲演稿要改，此刻大约不能睡了，再来写几句。

我自从到此以后，综计各种感受，似乎我于新文学和旧学问各方面，凡我所着手的，便给别人一种威吓——有些旧朋友自然除外——所以所得到的非攻击排斥便是"敬而远之"。这种情形，使我更加大胆阔步，然而也使我不复专于一业，一事无成。而且又使小刺猬常常担心，"眼泪往肚子里流"。所以我也对于自己的坏脾气，常常痛心；但有时也觉得惟其如此，所以我配获得我的小莲蓬兼小刺猬。此后仍当四面八方地闹呢，还是暂且静静，作一部冷静的专门的书呢，倒是一个问题。好在我们就要见面了，那时再谈。

我的有莲子的小莲蓬，你不要以为我在这里时时如此彻夜呆想，我是并不如此的。这回不过因为睡够了，又有些高兴，所以随便谈谈。吃了午饭以后，大约还要睡觉。加以行期在即，自然也忙些。小米（小刺猬吃的），棒子面（同上），果脯等，昨天都已买齐了。

这信封的下端，是因为加添这一张，我自己拆过的。

六月一日晨五时

最美情话

这两星期以来,我一点也不颓唐,但此刻遥想小刺猬之采办布帛之类,预为小小白象经营,实是乖得可怜,这种性质,真是怎么好呢。我应该快到上海,去管住她。

许广平致鲁迅情书节选

小白象：

今天下午刚发一信，现时又想执笔了，这也等于我的功课一样，而且是愿意习的那一门，高兴的就简直做落去罢，于是乎又有话要说了——

这时是晚上九点半，我一边洗脚，一边想起今天是礼拜五，明天是礼拜六，又快过去一礼拜了。此信明天发，省得日曜受耽搁，料想这信到时又过去一礼拜了，得到你的回信时又是再一礼拜，那么共总就过去三个礼拜了。那是在你接此信，我收到你复此信的时候的话。虽然真个到临还有些时光，但不妨以此先自快慰！话虽如此，你没有功夫就不必每收一信，即回一封，因我已晓得你忙，不会怪念的。

生怕记起的又忘记写了，先写出来，你如经过琉璃厂，别忘记买你写日记用的红格纸，因为已经所余无几了。你也许不会忘记，我是提一声较放心。

我寄你的信,总喜欢送到邮局,不喜欢放在街边绿色铁筒内,我总疑心那里是要慢一点的,然而也不喜欢托人带出去,于是我就慢慢的走出去,说是散步,信收在衣袋内,明知被人知道也不要紧,但这些事自然而然似觉含有秘密性似的。信送到邮局,门口的方木箱也不愿放进去,必定走到里面投入桌子下,心里又想,天天寄同一名字的信,邮局的人会不会古怪?挽救之法,于是乎用别号的三个较生眼的字,而不用常见的二字,这种思想,自己也觉得好笑,但也没有支配这个神经的神经,就让他胡思乱想罢。当走去送信的时候,我忆起有个小人夜里走到楼下房外信局的事,我相信天下痴呆不让此君了。但北平路距邮局远,自己总走不便,此风万不可长,宜切戒!!!!

　　今日下午也缝衣,出去寄信时又买些香蕉枇杷,回来大家分吃,并且下午又曾大吃烤豆沙烧饼一通,你日来是不是大吃火腿呢?云腿吃过没有,还堪入口否?我身体精神都好,食量也增加,而且不必吃消化药,只不过继续做一种事情,久就容易吃力,浑身疲乏,我知道这个道理,总小心调节,坐坐就转而睡睡,坐睡都厌就走到四川路缓缓来回一个短路程,如是就不致吃苦了。

　　时局消息,阅报便知,不及多述了。有时北报似更详悉,此间由三先生看看外国报,也有些新闻听到。听说京汉路不大好走,津浦照常,但你来时必须打听清楚才好。

　　　　　　　　　　　　　　　五月,十七夜十时小刺猬

最美情话

我寄你的信,总喜欢送到邮局,不喜欢放在街边绿色铁筒内,我总疑心那里是要慢一点的,然而也不喜欢托人带出去,于是我就慢慢的走出去,说是散步,信收在衣袋内,明知被人知道也不要紧,但这些事自然而然似觉含有秘密性似的。

02

小白象：（你的鼻子并未如你所绘的仰起，还是垂下罢）

你十五夜写的信，今午饭（廿日）三先生回来时交给我了，信必是十六发，五天就到了，邮局懂事得很。我十四发的信，自然你也于今天之前收到了，我先以为见你信总在廿二、三左右，因路上有八天好停顿的，今日见信，意外欢喜，同时喜极泪下，情不自禁者没奈何也。

你路上有熟人遇见，省得寂寞，甚好，又能睡更好，我希望你在家时也挪出些功夫睡觉，不要拼命写，做，干，想，……

我这几天经验下来，大概，夜里不是一二时醒，就是四五时醒，平常这两个时候我总有醒的必要，这是应该的，偶然连夜的醒，第三夜就可一直睡至天亮补足，即如昨夜约十时睡，至今早六时多才醒，一睡甚足，七时即起床了。昼间我不想睡，怕睡太多夜里不要睡也，但精神甚好，不似前些天的疲劳，通常日里做做生活，夜里读读书然后就睡，天气暖了，鼻子不致冻冷，而且夜里也不须起来小解，更不会冻冷了。

家里人杂,东西乱翻,你不妨检收停妥,多带些要用的南来,值钱的古书,或锁起来,或带来,免失落难查。客人来是无法禁止的,你回去短时间,能不干涉最好,省得淘气伤精神更为失算,反正尽了你做儿子的心,其他不必问了。

你的乖姑甚乖,这是敢担保的,他的乖处就在听话,小心体谅小白象的心,自己好好保养,也肯花些钱买东西吃,也并不整天在外面飞来飞去,也不叫身体过劳,好好地,好好地保养自己,养得壮壮的,等小白象回来高兴,而且更有精神陪他。他一定也要好好保养自己,平心和气,度过预定的时光,切不可越加瘦损,已经来往跋涉,路途辛苦,再劳心苦虑,病起来怎样得了!

三先生吃饭见面时总找些时事和我谈谈,王也格外照应,小孩有时候在楼下翻翻东西,但不久也为大人制止,还算好的。

我写给你的信,把生活状况一一说了,务求其详,但大体是好的。即如小睡些,也是照常,并非例外,困起来就更多睡了,你切不可言外推测,如来信所云,我十二时尚未睡,其实我十二时总在熟睡中的,今日接北平常妹信,说那面可穿单衣,你也可少穿些了。上海这两天晴,甚和暖,一到落雨,又相差廿多度了。

小刺猬
五,廿,下午二时(今早也发了一信)

最美情话

你的乖姑甚乖,这是敢担保的,他的乖处就在听话,小心体谅小白象的心,自己好好保养,也肯花些钱买东西吃,也并不整天在外面飞来飞去,也不叫身体过劳,好好地,好好地保养自己,养得壮壮的,等小白象回来高兴,而且更有精神陪他。

03

小白象：小莲蓬！

昨天（廿）午饭读到你十五来的信，我先看一遍，然后去食饭，饭后回来又看一遍，以后隔多少时又打开来看看，临睡放在床头上，读它一遍，起来之前又读一遍，愈读愈想在里找出些什么东西似的，好似很清楚，又似很含糊，如那个人的面孔一样，离开了的情绪也与此差不多。真是百读不厌，自然打开纸张第一触到眼帘的是那三个红当当的枇杷，那是我喜欢吃的东西，即如昨天下午二时出去寄信也带了一篓子回来，大家大吃一通。阿ブ昨天发烧得很利害，什么都不要吃，见了枇杷，才喜欢起来，吃了几个，随后研究出她是要出牙齿之故，到今天还在痛，在吃苦，但枇杷之效力如此其大，我也是喜欢的人，所以小白象首先选了那个花样的纸，算是等于送枇杷给我吃的心意一般，其次那两个莲蓬，附着的那几句，甚好，我也读熟了，我定你是小莲蓬，因为你矮些，乖乖莲蓬！你是十分精细的，你这两张纸不是随手捡起就用的。

昨天夜里我睡得很好，今早起床也不太早，以后或者照此下去也未可知。这两天没有你的信，今日下午由中央行送来南京来的通知单，打算等三先生回来托他办理一切，在战事期中，居然如此，可算难得。

　　你的日记也被人翻过，因记起日前木匠那里租得房子，会不会因为客多地方不够，把东西不大用的送到那边存放，如此则没人照管，必易遗失，此不可不先事预防的，要不要向她们声明一声，你的书籍不可挪动，说过或比不说好些，你以为何如？

　　我今天仍在做生活，是织小毛绒背心，快成功了。昨天叔叔那里送来些饼吃，说是儿子订亲，八月再行大礼，那时恐怕要来约去，到时再设法敷衍好了，今早接大的妹子信，她产后动辄头痛，俯首拾物亦痛不可当，我问她要什么药，我说北方也可托人买，但她也说不出要什么药医治，她信内又说，姑母不久要回沪，到时我难免应酬几天，事情也许要向她说了，不说也看见的。你近来可较新回去时安静些否，你总要想起小刺猬，想起你的乖姑不愿你吃苦，你体谅这点心，自己好好地。

小刺猬
五月廿一下午四时十分

最美情话

附着的那几句，甚好，我也读熟了，我定你是小莲蓬，因为你矮些，乖乖莲蓬！

你近来可较新回去时安静些否，你总要想起小刺猬，想起你的乖姑不愿你吃苦，你体谅这点心，自己好好地。

一见你的眼睛,我便清醒起来

——朱自清·陈竹隐

你走,我不送你;你来,无论多大风多大雨,我要去接你。

——梁实秋

法国著名作家罗曼·罗兰对于婚姻有着十分精辟的见解："婚姻的唯一伟大之处，在于唯一的爱情，两颗心的互相忠实。"最美好的爱情就是不辜负，不辜负对方，不辜负自己，不辜负命运安排的这一场相遇。朱自清与陈竹隐的爱情没有风花雪月，没有海誓山盟，有的只是无言的陪伴和厮守。

朱自清19岁时便在父亲的张罗下，与名医之女武钟谦结为伉俪。那时的包办婚姻多数是没有爱情可言的，朱自清与武钟谦却是例外。

十二年的夫妻生活，两人相互扶持，抚育了三男三女六个孩子。武钟谦温柔贤惠，一心照顾家庭和孩子，但是由于时局纷乱，她时常拖儿带女逃避战乱，积劳成疾，终因肺病去世，时年37岁。

武钟谦去世后，朱自清本无意再娶，但是六个孩子让他劳心劳力，无暇他顾。叶公超等朋友们看见朱自清窘迫的状况，于心不忍，于是在朱自清不知情的情况下为他精心安排了一场相亲。

在北京西单的大陆春饭庄里,他第一眼看到这个落落大方,如出水芙蓉般美丽的女子,本已沉寂的心在这一刻又躁动起来。当时陈竹隐小朱自清7岁,她师从齐白石,工书画,同时还兼学昆曲,是一个不折不扣的才女。

他们的相遇就像张爱玲所写的那样:"于千万人之中遇见你所遇见的人,于千万年之中,时间的无涯的荒野里,没有早一步,也没有晚一步,刚巧赶上了,那也没有别的话可说,惟有轻轻地问一句:'哦,你也在这里吗?'"

动了心的朱自清开始主动写信给陈竹隐,刚开始朱自清还十分绅士地称呼陈竹隐为"竹隐女士",落款为"朱自清"。第二封信便称她"竹隐弟",落款也变成了"自清"。后来,"竹隐弟"变为更亲切的"隐",落款也变为"清"。

本来陈竹隐还对即将成为六个孩子的母亲有许多顾虑,但是在朱自清情书的轰炸之下,她逐渐消除了顾虑,接受了朱自清的爱意。

朱自清欧洲游学归国后,两个人便在上海结婚。

恋爱与婚姻不同,恋爱的日子是甜蜜而又浪漫的,婚后的日子却是平淡而又枯燥的。恋爱时的甜蜜也会逐渐被婚后的柴米油盐所占据,清贫的生活更是让陈竹隐感到压力重重,而朱自清却只管一心工作。于是,两人之间开始出现了隔阂。

李碧华曾经说过,婚姻是很简单的一回事。婚姻是蚌和珍珠。一粒砂无意中走进蚌的身体,蚌不断付出它的底心血减少痛苦,终于，便产生了一颗完美的珍珠了。他们在争吵中学会了包容，朱自清开始抽出一些时间陪她和孩子，偶尔也会一起去散步，听昆曲。陈竹隐也更加用心地照料家庭，他们小小的家变得越来越温馨。

1948年6月18日，清华大学的一些教授共同签署了一份宣言，抵制美国援助面粉。朱自清毫不犹豫地签上了自己的名字，这让他本就清苦的生活更加艰难，甚至连一日三餐都保证不了。

一个月后，朱自清便因胃病去世，结束了他才华横溢的一生。

朱自清去世后，陈竹隐便独自一人抚养他们的九个子女，四十二年后，她安详离世。她的子女在搬家时无意中发现了一只小箱子，小箱子里是他写给她的七十五封信，早已泛黄的信纸上记录着他们当年美好的爱情。

朱自清与陈竹隐的时代早已远去，今天的我们在人生的舞台上继续演绎着悲欢离合、恩怨情仇。惟愿在每个人的生命中都会出现这样一个人，纵使尘满面，鬓如霜，也无怨无悔，与你携手到白头。

朱自清致陈竹隐情书节选

01

隐：

前晚说话太随便了，你该不至于生气吧？

你这两天身体觉得怎样？极念念！你的起居似乎不大有节制，睡得太晚，到底是不好的。希望你平日多保重些，即使不为你自己。

昨天四点半在青年会等车，偶一抬头，像看见戴叔瑶女士坐车过去。我来不及与她招呼，不知她看见我否。

每次进城回来，总觉累得慌。而星期一早上有三课，星期日晚不能休息，这是最苦的事。早上醒得很早，醒时依旧疲倦。近来每天醒得早，一半是天亮得早，一半是想——想谁？你猜猜看！

柳永的词说，"一日不思量，也攒眉千度"，现在觉得这话真有意味。前天有人说，恋爱到订婚，订婚到结婚，总该有相当的距离，才有深长的意思。这个深长的意思大概就是"想"，是"思量"吧。

想也有种种不同。——你说你不会想,是不是?——一个人有想的自由,我也有我的;但是不敢告诉你,告诉你会挨骂的。

现在总想约你再到清华一趟,因为你知道,这里是最宜于我们自由谈话的地方。

我们预备举行的茶会,你想请些什么客人,请你先开出一张单子,好不好;将来发请帖也方便些。

清
二十五日

昨计算茶会人数,只我一面,已在五十以上,此事尚待面商。

二十六日早

最美情话

柳永的词说,"一日不思量,也攒眉千度",现在觉得这话真有意味。前天有人说,恋爱到订婚,订婚到结婚,总该有相当的距离,才有深长的意思。这个深长的意思大概就是"想",是"思量"吧。

隐：

星期六到旅馆就睡下，昨早五时半就醒了，但到七点半才起来。这两小时一半是躺着休息，一半是回味前晚白塔下的光景。最不能忘记的是你的笑；那迷人的笑，真叫我没有办法。还有下来时，你站起身，手在我手里，那一低头，也是很新的玩意儿。你说是不是？

回来接到舒新城的信，请晚上在撷英吃饭。下午与客人一同入城。客人中多北平名流。我未得终席，便搭清华同事的汽车回来，因为今早也许还有课。那知今天终于放了假。学校中空气颇紧张，你是猜想得到的。

前晚你两次嘱咐我，星期四的情形，一定得写信报告你。你为什么如此关心这件事呢？你，你真是一个女人！哈哈。但我一定很快地写信的。

琼如小姐今晚上该回来了。她这回打球不大得意；但到济南玩了一趟，也很有意思，你可以劝她想得开些。

这两日疲倦得很。好多日子没有好好地读书了，真为自己担心。希望你能鼓励鼓励我！你现在是惟一能够鼓励我的人！

祝好！

你的清
一日

最美情话

最不能忘记的是你的笑；那迷人的笑，真叫我没有办法。还有下来时，你站起身，手在我手里，那一低头，也是很新的玩意儿。你说是不是？

03

隐：

　　昨晚送你到女院时，车上已觉昏倦，到李阁老胡同路上亦然；因为酒喝得也不少。江五弟将床让给我睡，睡得很好。今早醒得很早，因为早上我照例是睡不着的；况且六点时就有人大叫"开壶"了。

　　到李家洗了脸，取了东西，就到东城洗牙。今天运气好，同仁大夫居然得空。洗了约一点钟，颇有新鲜的感觉。大夫劝我每年洗一次，他说我的牙很好，好极了。我颇得意地到青年会上车。

　　回来吃了饭就有客人来谈，谈到六点钟，接着又去俞宅玩牌，现在才完。这几天累极了，精神不大好，今晚要好好休息一下。明天想看一天卷。（以上星期四晚写）

　　我的护照与留学证书等，昨已送来，但有用与否，殊不可知。

　　明天下午，我决定径赴北海，在那里和你见面。这回不到练琴室，却是一个例外。

　　这几天虽然疲倦，但前天下午却给我新的振作。你的衣服，我很喜欢，如汪汪的潭水。一见你的眼睛，我便清醒起来。我更喜欢看你那晕红的双腮，黄昏时的霞彩似的。谢谢你给我力量！

你的清
星期五早写成

最美情话

你的衣服,我很喜欢,如汪汪的潭水。一见你的眼睛,我便清醒起来。我更喜欢看你那晕红的双腮,黄昏时的霞彩似的。谢谢你给我力量!

糖糖唐
抖音号:1314520tn
144.9w获赞 22.9w粉丝
使用抖音扫码加我好友

与落花一同漂去,无人知道的地方

——朱湘·刘霓君

从前的日色变得慢，车、马、邮件都慢，一生只够爱一个人。

——木心

曾有这样一位诗人，他是"清华四子"之一，被鲁迅誉为中国的"济慈"，他性情偏激、孤傲又清高，他写给妻子的情书《海外寄霓君》被称为民国四大情书集之一，他最终为了爱情而投江自杀。

他就是朱湘。

朱湘是一位才子，读过他的诗的人，无不为他那惊人的才气所倾倒。他虽然出身于官宦家庭，父亲朱延熙曾官至二品。但是在他很小的时候，父母便都过世了，失去双亲、家道中落的朱湘被他大哥一手带大。

1920年，年仅16岁的朱湘考入了清华大学，他开始接触到新文学，并很快脱颖而出，开始在《晨报》《小说月报》等知名刊物上发表作品，与饶孟侃、孙大雨和杨世恩并称为"清华四子"。

他与刘霓君的婚约是在他没出生时，父亲与朋友指腹为婚的。接受了新思想熏陶，见识过更广阔天地的朱湘，对包办婚姻深恶痛绝。当大哥带着刘霓君来探望他时,他的态度十分冷淡,而刘霓君却是满脸欢喜,大胆地望着朱湘,热切地谈论他的诗作。

朱湘并没有因刘霓君的热情而改变自己的态度,他愤而离开,留下茫然无措的刘霓君。她为了这桩婚事一路从湖南赶到北京,没想到竟然是这种结果。

就在此次会面后不久,由于朱湘孤傲、愤世嫉俗的性格,他不满清华的早点名制度,在连续抵制27次后,被清华大学开除。他认为:"清华的生活是非人的,人生是奋斗的,而清华只钻分数;人生是变换的,而清华只有单调;人生是热辣辣的,而清华只有隔靴搔痒。至于清华中最高尚的生活,都逃不脱一个假,矫揉!"

在1923年冬,诗人离开了清华,只身来到上海谋生。此时,刘霓君也因父亲去世,兄长独占了家产,不得不来上海找工作。命运再次将两个人牵扯到一起。当朱湘看到在破败的洗衣房洗衣的刘霓君时,他的心开始动摇了。自此,他们有了更多的交集,走进了彼此的生活,两人之间擦出了恋爱的火花。

不久之后,两人正式结婚,婚后的日子过得安稳幸福,朱湘也进入了诗歌创作的高峰期。他与闻一多、徐志摩等人在《晨报副刊》上创办《诗镌》,成为新月派诗人的代表。不久之后,他出版了第二本诗集《草莽集》,轰动了文坛。

1927年,朱湘赴美留学,在这期间他给妻子刘霓君写了上百封书信,信中点点滴滴皆是夫妻间的喃喃私语和绵绵情意。在美国留学三年后,他因生活拮据,不得不结束未竟的学业,返回了国内。

回国之后,朱湘在安徽大学担任英国文学系主任。生性孤傲、狂狷的朱湘因不满学校把"英文文学系"改为"英文学系",愤然辞职。离职后的朱湘没有工作,只靠他微薄的稿费勉力支撑,生活顿时捉襟见肘。在他们第三个孩子出生后,生活变得更加拮据。

贫贱夫妻百事哀。长期的困苦和营养不良,朱湘的第三个孩子才出生不久便夭折了。朱湘辗转各地,但是由于孤傲的性情,让他四处碰壁,就连诗稿发表也越来越困难。他们之间的争执越来越频繁,两人的关系也降到了冰点。

他的清华同学梁实秋说:"朱先生的脾气似乎太孤高了一点,太怪僻了一点,所以和社会不能调谐。"

朱湘只适合做一个文人,他是时代的孤儿,他活得非常纯粹,只能在自己诗意的世界里恣意流淌。被生活碰得头破血流、尊严扫地的诗人十分绝望,他迷失了方向,找不到出路。面对滚滚东逝的长江,朱湘纵身一跃,如他所写的诗歌《葬我》一样,"与落花一同漂去,无人知道的地方。"

朱湘投江自杀后,刘霓君剪去三千烦恼丝,遁入空门。

诗人之死令无数人扼腕叹息,鲁迅称他为中国的"济慈",罗念生说:"英国的济慈是不死的,中国的济慈也是不死的。"他与刘霓君的传奇爱情,终究没能敌得过现实的烟火。甜蜜也好,辛酸也罢,我们都不过是万丈红尘中的匆匆过客,难逃情字纠缠。

朱湘致刘霓君情书节选

霓君,我的爱妻:

从此以后,我决定自己做饭。每月可以寄二十块美金给你,我自己还可以买点书,我问了他们内行的人,知道腌鱼腊肉这面都可以买得到,不过这人不十分可靠,详细情形我以后告诉你。我想这个消息你听了一定很喜欢。一年半载之后,你进了学堂,很可以在这里面省出一笔钱来。现在已经春天,我的衣服没有,美国人又是富,我们中国人到这面来,至少不要穿得像叫化子。并且我那本书寄去上海,可以拿四五十块中国钱,我叫了他们给你寄去,可以支持些时候,所以我不得已,作了春天两套衣裳。阳历四月初一我准寄美金三十块回家。你阳历五月半可以收到。从阳历五月起,每月决定能余二十块,可以两个月寄一回。在美国照相,听说贵得不得了。照六张六寸的,要二十块美金。所以现在是照不起。无论如何,在美国总要照一次作纪念的。早迟那就不敢讲了。鱼肉你现在不必寄。还有罐头之类东西,美国并不贵，也不必托罗先生带了，绣花抽税太高，并且销得不多，也算了罢。我如今读书很快活，并且除去寄钱给你以外，我自己每月还能买些自己要看想买的书，这也叫我高兴。我如今立了一个志向，要把全世界上许多国家的诗都拿来读。这面芝加哥大学的图书馆很大，我要看的这种书大半都有，你想我是多么快活。大前天本是礼拜，我照例应该写信给你的，因为看书有趣，看忘记掉了。我今天虽然看着一本好书（荷兰国的诗），不过我信没写，实在不放心。所以把书放下，赶快写信，省得你记挂。芝加哥这面常常阴天，不像北京，很像南京。长沙我虽然离了好久，我想也是这样。写完这信，晚上做梦，梦到我凫水，落到水里去了。你跳进水里，把我救了出来。当时我感激你，爱你的意思，真是说也说不出来，我当时哭醒了，醒来以后，我想起你从前到现在一片对我的真情，心里真是一股说不出的味道。

沅达达 二月十六日第二封

最美情话

写完这信,晚上做梦,梦到我凫水,落到水里去了。你跳进水里,把我救了出来。当时我感激你,爱你的意思,真是说也说不出来,我当时哭醒了,醒来以后,我想起你从前到现在一片对我的真情,心里真是一股说不出的味道。

我爱的霓妹：

　　昨晚做了一个梦，梦到你，哭醒了。醒过来之后，大哭了一场。不过不能高声痛快的哭一场，只能抽抽噎噎的，让眼泪直流到枕衣上，鼻涕梗在鼻孔里面。今天是礼拜，我看书看得眼睛都痛了，半是因为昨夜哭过的原故，今天有太阳，这在芝加哥算是好天气了。天上虽然没有云，不过薄薄的好像蒙上了一层灰，看来凄惨的很。正对着我的这间房（在二层楼上）从窗子中间，看见一所灰色的房子，这是学校的，一点声音也听不见，好像死人一般。房子前面是一块空地基，上面乱堆着些陈旧的木板。我看着这所房，这片地，心里说不出的恨它们。我如今简直像住在监牢里面，没有一个人说一句知心的话。有时看见一双父母带着子女从窗下路上走过去：这是礼拜日，父亲母亲工厂内都放了工，所以他们带了儿子女儿出门散散。我看见他们，真是说不出的羡慕。我如今说起来很好听，是一个留学生，可是想像工人一样享一点家庭的福都不能够，这是多么可怜又多么可恨。我写到这里，就忽的想起你当时又黄又瘦的面貌来，眼眶里又酸了一下。只要在中国活得了命，我又何至于抛了妻子儿女来外国受这种活牢的罪呢。霓君，我的好妹妹，我从前的脾气实在不好，我知道有许多次是我得罪了你，你千忍万忍忍不住了，才同我吵闹的。不过我的情形你应该也明白。我实在是在外面受了许多的气，并且那时一屁股的欠债，又要筹款出洋，我实在是不知怎样办法是好。我想你总可以饶恕我罢？这次回家之后，我想一定可以过的十分美满，比从前更好。写这行的时候，听到一个摇篮里的小孩在门外面哭，这是同居的一家新添的孩子，我不知何故，听到他的哭声，心中恨他，恨他不是小沅小东，让我听了。我又想到你的温柔，你对我的千情万意，分开了，不能见面，不能立刻见面，说一句知心话，彼此温存一下，像从前在京城旅馆内初见面时那样温存一下。你还记得当时你是怎样吗？我靠在你身旁坐下，你身上面上的一股热气直扑到我的脸上（我想我当时的热气也一定扑到了你的脸上）。我当时心里说不出的痒痒。后来我要摸你的手，我偷偷地摸到握住，你羞怯怯的好像新娘子一样，我当时真是说不出的快活。天哪，天哪，但望两三年后，夫妻都好，再能尝尝那种爱情的美味罢。

沅　三月四日第五封

最美情话

你还记得当时你是怎样吗？我靠在你身旁坐下，你身上面上的一股热气直扑到我的脸上（我想我当时的热气也一定扑到了你的脸上）。我当时心里说不出的痒痒。后来我要摸你的手，我偷偷地摸到握住，你羞怯怯的好像新娘子一样，我当时真是说不出的快活。

相宜
抖音号：xiangyi616

285.3w获赞 63.3w粉丝

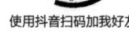

使用抖音扫码加我好友

03

我最亲爱的霓妹妹：

　　你四月二号信，我已收到。果然不出我所料，你是害了病，这病看是操劳过度，忧愁过度，我说不出的伤心。我决定把功课快些念完，明年阳历八月底大学毕业，得一学士便回家。因为我不忍心让你一人在家操心劳力，万一因此害了一场大病，我心中怎么过得去！并且大学里得了学士，饭总不愁了。只要我们夫妻爱情浓厚，别的名利一切我们也可以看轻些。博士也未尝不可以考；但是离现在还要三年半多，这三四年让你一人在家操劳，万一有一长两短，那我终身多要恨我自己了。我如今觉得，我们结婚来的几年，我对你不起的地方很不少。我想赶紧回家补救以往的过错，教你知道，许多年来你因为我受苦含辛，我是百分感激，敬爱的。想到你这次害病，我不禁流了很多的眼泪。我想你这次忽然晕倒在地上，万一有个一长两短，你心里不要有点埋怨我吗？那我在这几十年中不是要日日伤心，朝朝流泪吗？就说我要终身不另娶妻，但万里之外我不能飞到你面前去再见一面，这是多么伤心，过得越久，我越多看见你的好处。你对我的浓情蜜爱，你一种只顾夫君只顾子女不顾自己的精神，我如今看来，教我替你作奴隶我多不够资格，何况我居然能得你称呼我作亲哥哥，居然能抱在你怀中，这我是多大福气！我最亲最爱世界上更无第二个的霓妹妹，我最敬重的爱妻，你信里说："哥哥那里去了？哥哥那里去了？我可同去否？我可同行么？又想我是无学问，不能同行，恐终身为此坠落，何等痛苦！"我刚才看到这里，眼泪忍不住淌了下来。由此看，可见你对我之爱情是怎样怎样深，你只记我的好处，你自己的过人之处，别人再也赶不上你的地方，你却一点也不提。最亲的霓妹妹，我如今凭了最深的良心告诉你，你有爱情，你对我有最深最厚的爱情，这爱情就是无价之宝。你居然把它给了我，我便已经十分福气了。我对你只要爱情，不要别的。那斑白胡须的老先生学问最好，我假如要学问，我去找那些老头子好了。我自己也有学问，很够用了，我为什么还要学问呢？我只要爱情！假的我不要，我单要真的爱情。我的亲妹妹，你居然把你千真万真的爱情给我了，这我是多么的福气啊！你如今想必知道了，男子汉实在不如女子。因为男子汉有时心野，我以前之事，就请你当作是我嫖了一次婊子一样，请你大量饶恕了我，你肯不肯呢？我把我这颗心献给你，请你收下，你肯不肯呢？你对我这样，我怎样还忍心疑心你？罗先生处我不过是怕你钱迟一点寄，他是穷的，教他为难不方便。我决无别意，请你放心。我这一片意思你在以前各信之内想必也看得出，不过我再在此处多说一句，省得你记挂。你寄鱼肉给他，是很明理的，他从前帮了我们许多忙，并且我记得我以前曾经写过信给你，教你寄鱼肉给他。你抄了那许多的信给我，真是犯不着。假如你拿那些力量，多写一封信给我，那多好呀！哈哈，我又把你那封信看了一遍（这不是第五遍，就是第六遍），你说到后来，怕我不放心，特意写一句"哈哈一笑"这可见你对我是多么体贴细心。我亲滴滴的爱人呀，让我明年秋天回家时候，着实感谢你一番罢。你懂得我是什么意思吗？哈哈，昨天我想起来，小沅小东叫你妈妈的时候，你心中不知是怎样一个味道。很想早早回家去，看你那时候是个什么模样（如今你病已好了，小东务必要回来雇奶妈带），我这几天又十分想你。……我在外国天天喝牛奶，（中国牛奶不干净。外国制过了，卫生。）所以身体很好，我很想早日回家。

永久是你的亲爱，沅　五月九日第十七封

我并不要你进学堂，你带着小沅小东好了。

湘绣千万不要寄，因为到我这里以后，要抽很重的税。

最美情话

最亲的霓妹妹,我如今凭了最深的良心告诉你,你有爱情,你对我有最深最厚的爱情,这爱情就是无价之宝。你居然把它给了我,我便已经十分福气了。我对你只要爱情,不要别的。

04

最亲爱的霓妹妹：

　　四月二十半晚的信我收到了。妹妹，我现在并不曾瘦，你务必放心，我看书很知道看累了就不看。如今春天很凉爽，我每天下午都出去到草地上散步半点钟，精神觉得很好。我自己现在很知道保重身体了。我总要保得一个好身子回家去给你，妹妹。我如今实在不敢想你，因为一想你就巴不得立刻回家才好，我只望快些把书念完，两年后得个硕士便回家去。妹妹呀！我现在最伤心之事就是这几个月不曾寄钱给你，以致你愁上加愁。虽说我的钱再等十二三天就可以到你手中，以后每两个月寄一次是再也不会错了。但是前三个月中，就是阳历三四五月中间，你不是无钱吗？这其间你怎样支持过去，我简直是不敢想下去了。以后无论如何，我决不错过寄钱给你，希望你宽饶了我这一次罢。我想将来找到几个朋友，我们自家开一个书店，我们自家的书自己来印。我回国以后，自然还是教书，因为这稳得多。我总要你以后再也不要为了这些事发愁，我才舒服。我最爱最敬的妹妹，我看了你这一封信，一面心中说不出的难过，但是一面又一百分的快活，因为你信里说了这样一句话："子沅，你对我好处记不尽说不完。"妹妹，你到底也知道我爱你了。这我是多么快活啊。我自从结婚以来，一天过一天，知道你更清楚，我也便一天过一天，更加爱你，更加敬你。到了现在我的爱情敬意简直是说不出了：我觉得我能够得到你作我的妻，我真是十分运气。望天保佑，我在外国这几年不要遇到什么意外事情，留到一个完完全全的身体回家去交给你收着呀。

就是霓妹妹一个人的，沅　五月廿三日第十九封

那一百张画片这两天你就该收到了。已经收到了没有？

还有那一对发网，你也已经收到了吗？

最美情话

妹妹,你到底也知道我爱你了。这我是多么快活啊。我自从结婚以来,一天过一天,知道你更清楚,我也便一天过一天,更加爱你,更加敬你。到了现在我的爱情敬意简直是说不出了:我觉得我能够得到你作我的妻,我真是十分运气。

我最亲最爱的霓妹妹：

  我把你这封信又看了一遍，有四个字，我这次看时特别留起神来，那就是你说你"昏昏沉沉"。你这封信是半夜写的，说不定是精神不好了。也说不定是你先哭了一场，所以头脑发胀。我想你的时候，哭起来，总觉得头胀得多大，眼睛也难受。看书，总有一两天眼痛。你近来又忧愁，又操劳，身体一定大不如前了。好妹妹，我千求你，万求你，一从今天起，以后再也不要多劳了罢。你喜欢作事，这自然是很好，不过把自己太劳累了，惹得你的沅哥哥沅弟弟心中不安，那想必你是一定不愿意罢。我如今身体很好，一点没有瘦。你也要爱惜千金身子才对呀。你可知道，娘从前就是过于操劳，去世太早。霓妹，你千万不要再多劳了，免得我后来伤心。我自己怨我害了你。现在让我们两个商量定妥，你也宝重自家身子，我也宝重自家身子，将来见面之时，我们这一对夫妻面对面的哈哈一笑，那是多么有味哟。现在我有一个好消息告诉你，就是这所房子，好像北京公寓一样，租住的房客很多。里面另有两个中国人共住一间房，这间住房很小，只够放两张床，不过连着住房另有一间大房也在内，这大房间里有煤油火灶可以作饭。他们两个中间有一个走了，那一个今天同我谈起，睡房中多少有点臭虫，不过我现在这间房里有时也有臭虫，只要他们房中臭虫不太多，我等几天就搬去和那张先生同住。要是搬过去，又可以多省些钱，那时每月总能省下美金三十块寄给你，你看这是多好。我们这样省几年，再邀几个朋友，尽可以开一个书店了。（以上廿三日）

　　霓妹妹：如今树一齐都绿了，我每天下午到草地上去散步半点钟。精神很好。妹妹，最亲的妹妹，我想到几年（如考博士就是四年）之后，回家时候，见到你，那是多么有味啊。日里我出去教书，或是在家作文，吃早饭是拿腌的白菜萝葡豇豆扁豆（还有几个红辣椒）下饭，中饭是拿豆腐，红烧肉丸作菜。你在家里主持家务，那时候小沅小东都大了，我们夫妻两个教他们书。偷到了空工夫，我就坐在你身旁，挨在一起，你的热气飘到我身上来，我的热气飘到你身上去，我还握紧你的手，尽望着你，望着你，低声说些喊喊话，温柔话，说我怎么爱你，怎么敬你，在美国时候怎么想你。到了晚上，小孩子同一家人都睡了的时候，我们一个枕头，帐子放下来了，你把头枕在我的臂膀上。唉呀，那时候那种亲热恩爱，怎么是这枝秃笔所写得出的啊。霓妹妹，我最恩爱最敬重的霓妹妹，我们耐心等着罢。

　　　　　　　　　　永远是你的恩爱丈夫，沅　五月廿六日第廿封

最美情话

偷到了空工夫,我就坐在你身旁,挨在一起,你的热气飘到我身上来,我的热气飘到你身上去,我还握紧你的手,尽望着你,望着你,低声说些喊喊话,温柔话,说我怎么爱你,怎么敬你,在美国时候怎么想你。

06

最爱我我也最爱的霓妹妹：

　　屈指一算，应当十二天前你就接到了那一百多张画片，今天你也该接到了我这次寄给你的三十圆美金。妹妹，你信里埋怨我不该思家，但是我不想你，教我想谁呢？妹妹，我想你，我就应该顾念你体惜你，我决不半路回家。我决定考出个名义以后，才回去，好教你面上光荣。妹妹，你放心好了。我近来身体很好，精神也旺，你也可以放心。有时候忽然想起来要抱着你，教你的头靠在我胸口上，听我在你耳朵里面说我怎样爱你，怎样敬你。我要听你低声回答我，我要看你那一双可爱的眼睛里边射出爱之光来，射到我心上，勾起一股麻辣辣的滋味。我如今看你写的字都爱，因为你这些字好像一个女孩子写的，十分可爱。我可想到这一笔字并无老师教，都是你自己练习出来，这又十分可敬。妹妹，我们虽然远离，我们感情浓厚，一天强似一天。你说的很对："旁人那知道我夫妻感情，那知道我们亲密恩爱，"是的，那枕边一段恩情，我结婚以来头一次看到你对我吃心的模样，我到死也不会忘记。这一段私情，就是你我两人知道，除此外还有天地知道罢了，妹妹，你从前一点菜不肯吃，只是操劳，这教我很不放心，以后务必鸡蛋豆子油水各种荤菜多吃些才好。你自己身体务必多调养，不要太劳了。这面学校还有两天就考了，考两天，以后放假一礼拜就是暑季开学。夏天本可以不念书的，不过我想快些赶完功课，早日回家，所以我还是念书。

　　　　　　　　　沅　六月七日第廿二封

　　罗先生新近在北京美术学校认识了一位同乡邓学成女士，感情很好，或者可以有回国后结婚的希望，他送了我一张邓女士的照相，现在寄给你，已经去世的杨先生照的相也寄给你。

最美情话

有时候忽然想起来要抱着你,教你的头靠在我胸口上,听我在你耳朵里面说我怎样爱你,怎样敬你。我要听你低声回答我,我要看你那一双可爱的眼睛里边射出爱之光来,射到我心上,勾起一股麻辣辣的滋味。

07

爱妹爱妹：

　　接十二月廿四来信，我同学堂里教习闹意见，已经不上课了。我想立刻回家，万一清华不让我回家，我就到西边一个学堂里去。十二月我不能寄钱给你，并非别故，是公司里追着付衣裳钱。这件事我本不想讲的，现在与其教你疑心我同女房东不干不净，倒不如讲出为妙。我去年春天做了一套春用衣裳，同一件春天大衣，那笔钱是早已付了。秋天做一套秋用衣裳，穿了不久，也有气味。因做饭原故，上课去让人家撧鼻子，我真不知道多么难过！十月又做一套，同中国人经手人说明先付一套，另外一套以后慢付。那知道隔了不久，他忽然来说公司里追钱，要我立刻付清；不然公司就会到法庭里去告我。后来果然公司用的律师来信限我一礼拜交钱，不然就到法庭。我只好为顾全名誉，在十二月初寄还二十四块半美金给公司。这种事情我想何必告许你，教你也难过呢？那知道你疑心我同女房东勾搭，所以老实讲了。我做衣裳，完全是为中国人顾全面子。我当时同经手人讲好慢慢还，本来打算每月在吃食里省几块钱，分好多个月付清的。那知被他弄了那样一个花头，闹得十二月不能照常寄钱。这也是天外奇灾，并非我同女房东勾上，被她骗去了钱。我当时教你不要由那家转交，怕的是我要搬走。因为以前搬家，都是事前不曾料定，临时发生了意外之事，我就要搬。那一家我也不敢讲住多久。后来果然十二月初就搬到这里。从前二嫂寄如意珠的相片，并不是由监督处转交，是寄到我第一次住的房子。这房子没有教转。幸亏这房子另住有一个中国人。他把我的信代为收下交给了我。我因此之故，教你不要直接寄到那家，教你还是由监督处转交。就是你这一向一直用的信封，虽然迟两天，却一封也不会掉。你的信我当作宝贝一样看，我怎么肯教它掉了呢！唉，夫妻不相信，两边都吃苦。到馆子里去做菜，我当时也不过那样想多寄钱给你。后来一想，他们本国人做，不要紧；我们中国人做，就失身份。所以我后来写信，也讲过这件事情不成，作罢。难道你不曾收到那封信吗？我照相是不喜欢照相，并且钱一时也难筹。要说我照了相给了别人，不给你，那你可以怪我；我却并不曾这样呀！你为什么要怪我呢？我写信写得勤不勤，你凭良心说一句，我多写一封信，不比照一张像好了。我相貌并没有什么好，我所以不愿意照相。所以从前在北京，不是你霸蛮要去，我是再也不肯照相的。我在北京时候，两人感情还不好吗？拿当时来比如今，可见我并不是对你感情不好。你要明白一层，男人不像女人那样喜欢照相。唉，好罢，好罢，不管怎样，我这个月去照一张像好了，省得我那小妹妹伤心。好像一个小孩子要糖吃要不到，就哭起来。我的老太爷，外国不比中国，八十块美金有八十块美金的用处。不是靠了自己做饭同省俭，那里还有钱寄家里！我要是在中国有八十块中国钱一个月，至少要寄四十给你，说不定还可以寄五十。从前在北京，你也是埋怨我不寄钱。那知道，除去住房吃饭归学堂算账以外，每个月只有七块钱的零用。将来回国，只有一个方法，就是不要多生儿女。剩下几个钱专拿来教养小沅小东。与其多生儿女吃苦，反不如少养，教这两个儿女多享点福为妙。唉，小沅小东，你们生得太早，要吃几年苦，只望将来多教你们享一点福罢。妹妹，你这多疑的性情到什么时候才改得掉？你说你是孔明，一猜一个准；我说你是周瑜，只晓得乱疑心。你同我说的话我何至句句都告诉人！有许多话更是只要我两个心上明白，不给旁人知道。可以告诉人的话，好像说小沅乖巧，小东有趣，这些话说给旁人听是不要紧的，其余一切都是夫妻当中的知心话，那可以说给外人知道。我的信你切不要让朋友看，你寄来各信我半个字也不曾让人看过。将来回国，也只有我们夫妻两个看得。你近来用的信纸很好看，信中言语更是打动我的心坎。妹妹，由这看来。可以知道你是真心到地的爱我，我怎么忍心教你将来落人耻笑？我那是那样没有良心的人？留学生也分两种。我同你感情很好，我何至于？我要是同你离开，我这一世就不会有一天快活的日子。你说你对我恋恋不舍，我看到这四个字，真是钻心痒。你疑心是太喜欢疑心，有时教我厌烦；不过你又常时说些真心话，又引我快活起来了。我说，霓君你这小冤家，你为什么不改一改，把那一种无意识的疑心完全打倒，那就夫妻之间团团如意了。我回家以后，决定不教很多书。只要一家子够用，能稍为多余一点，预备万一闲时不至于一家子饿，就成了。剩下时间，一部分作文，一部分教小孩子，还有一部分时间用在夫妻之间，我要把我小时候从生下一直到现在，件件事情都告诉你，你也照样告诉我。我们或者在月光下闲游，或者在灯光下谈心，手握着手，心对着心，虽然久已结了婚生了儿女，也像不曾结婚，还是一对情人一样。将来就是夫妻两个头发都白了，也照样。就像一对二十岁的情人，那是多么有趣！只要我们这一对心不老，我们就是年老了，也还是少年。

爱夫，沅哥哥　二月七日第七十二封

最美情话

我们或者在月光下闲游,或者在灯光下谈心,手握着手,心对着心,虽然久已结了婚生了儿女,也像不曾结婚,还是一对情人一样。将来就是夫妻两个头发都白了,也照样。就像一对二十岁的情人,那是多么有趣!只要我们这一对心不老,我们就是年老了,也还是少年。

08

爱妻：

　　接八月一日来信，你说我不单不埋怨你，并且很欢喜做饭。妹妹，做饭我也喜欢，你我也埋怨。我埋怨你待我太好了，我埋怨你千辛万苦，独自持家，带两个小孩子。妹妹，我埋怨你最厉害的便是，我的心被你偷去了。好在一样，你的心也被我偷了来，所以现在是我的心在你的胸中，你的心在我的胸中。妹妹，我的心肝呀，我决定明年八月得了芝加哥大学学士，九月就回家。我一方面托朋友谋事，你可以替我托托亲戚。我学的是"比较文学"，无论那国的文学我多用英文教。今天起放一个月假，我可以多多写信给你了。妹妹，你自己太客气了，你说自恨无用，这真是冤枉自己，我替你不答应。你几年来为我受尽了多少苦，这还叫作无用，那我真不知道怎样才叫有用。一个人并不书读得多才算有用。古来多少英雄，都是斗大的字认不满两担的。但是轰轰烈烈，他们有些做了皇帝，有些做了大官，有些做了将军。读书人有时一点也无用，还有时候读书人做了最大的奸臣。妹妹，你书虽读得不多,可是真明白道理,并且真能干。我同你过得越久,心中越佩服你。我爱你的心也一天热似一天。明年我回家时候,妹妹,我放你一年大赦,到明年秋天我一定不放松你,不饶你。妹妹,心肝,到那一天我们的心一同蓬蓬的跳,那我就甘心了。

(九月一日下午)

今天是五号,我寄了三十美金给你。我因为寄钱太少,邮局看见你的名字,知道是寄回家中,我不好意思,以我只用了稚庄的名字,这样邮局不知道我是寄给谁,就不要紧了。每次寄三十实在寄不出手,我想以后每三个月寄一回钱,每次寄五十美金,这样好吗?你如觉得有什么不方便,望告诉我。妹妹,我想多省些钱,实在省不了,我身上衣服很少,有的几件,有旧了的,有破了的,穿去上课,简直是外国的叫化子,这对于中国体面实在大有妨害。如今又快到冬天,一切鞋袜都要添置。我昨天上街,本想配眼镜照相的,但是先买了一双鞋、一条皮带、两件衬衫,等等就花了十几块,这还都是买的最便宜的货色。如今是照相也照不了,配眼镜也配不了。我回家一算,大势不妙,所以赶紧今早寄三十美金给你。妹妹,我又得请你等一等我的照相了,这怎么是好呢。好在我明年就回家。不过下一个月我一定要照相去。妹妹,我实在无法可想,并非不想早寄照相给你,我巴不得这一年快些过完,把这热腾腾的身子立刻送到你怀抱当中。我也托了彭先生他们，你也可以替我留心，那时候看那地方事情好，就去那里。

　　　　　　爱夫，沅　再等一年就回家　九月五日第四十封

最美情话

妹妹,我埋怨你最厉害的便是,我的心被你偷去了。好在一样,你的心也被我偷了来,所以现在是我的心在你的胸中,你的心在我的胸中。

09

最亲最爱的霓妹妹：

　　你搬回般若庵，写了两封信给我，我一天收到，你说我这是多么快活。同余家舅母合住，这教我把一片心放下了，并不是我不相信你。妹妹，不过有人合住，有亲戚合住，胆子大些，万府上我觉得不方便，并非别故，是因为我们并不曾穷到那种田地，并且他们有两房，人很多，我们去叨扰，总不过意。如今不太平，外头消息你千万要细心听着，好在长沙亲戚很多，消息你想必不愁听不到。这种时候，宁可多小心些，不过太大胆了。从前在北京你向我说过，兵进了城以后，你还在街上取照相去，这是多么危险！以后千万不要再这样大意了。还有那次去北京，也冒了很大的危险，那都是我不好，累得你单身走几千里的路。好在后来决不会再有这种事情发生，你以后再也不必冒这种险了。小东东同小沅都很好，我听了十分放心。小东东要雇奶妈，这是最好。我五月二号寄给你的三十块美金，想必早收到了。下月一号（离今天十八天）我又寄三十给你。以后每隔两个月寄一次，你请放心。培丽公司的画片你喜欢吗？妹妹，你如今身上我件件都爱，你写的字我也爱，你来的信，我每次至少看两三遍，以后想起了，又看。我见了字，就如见了你一样，心中说不出的那般快活。有许多字你写得特别可爱，如今在纸上也讲不清楚，等回家以后，我们两个肩并着肩的时候，我再仔细指出来给你看罢。你听到的那个笑话很有趣。那个父亲太荒唐了，写"忙"字写少了一个半边"心"字，写成了个"亡"字，这人真是忙得心都掉落了。那个少奶奶幸亏救活了，不然，多么可怜。你近来信写得非常之好，我看了十分高兴。憩轩四哥身子不好，吃得了苦吗？我看他还是不要出门罢。

霓妹妹一个人的达达丈夫，沅　六月十二日第廿三封

最美情话

妹妹,你如今身上我件件都爱,你写的字我也爱,你来的信,我每次至少看两三遍,以后想起了,又看。我见了字,就如见了你一样,心中说不出的那般快活。

所爱隔山海，山海亦可平

——瞿秋白·杨之华

十几年的相思刚才完结，没满月的夫妻又匆匆分别。昨夜灯前絮语，全不管天上月圆月缺。今宵别后，便觉得这窗前明月，格外清圆，格外亲切！你该笑我，饱尝了作客情怀，别离滋味，还逃不了这个时节！

——胡适

爱情这东西，从来都是没什么道理好讲的。"所爱隔山海，山海亦可平。"一旦爱上一个人，纵使前方有荆棘丛生，有千山阻隔，也会勇往直前，永不回头。

那个年代的爱情，动辄就是重于生命的分量。1924年，与瞿秋白结婚不久的王剑虹，因患肺病在上海逝世。他们还没来得及践行"白首不相离"的誓言，便已经天人永隔。

临终前，她留下了一封遗书："我那么温柔专一地爱过你，我一点也不愿使你难过悲伤，愿上帝给你另一个人，也像我爱你一样。"也许真的是上帝听到了她遗愿，在瞿秋白还沉浸在悲伤之中时，有一个人悄悄地走进了他的心里。

她就是杨之华。

自秋瑾开始，中国女性开始由男人的附庸转为独立的个体，但是她们所面对的压力、舆论和文化矛盾也非常复杂。能真正走出来的，都是幸运者。而杨之华就是其中一个幸运者，她十几岁便开始出外求学，不断地接受新思想。而她的丈夫沈剑龙虽然风流倜傥，诗书琴画样样拿手，但在生活上却不检点，这让杨之华非常恼火，两人的关系也开始疏远了。

1923年，杨之华进入上海大学社会学系学习，瞿秋白当时是上海大学社会系主任，两人在王剑虹去世之前就已经相识。

自王剑虹去世之后，杨之华经常去看望瞿秋白，两人志趣相合，感情逐渐升温。瞿秋白向杨之华表露出自己的感情之后，杨之华非常矛盾，一方面沈剑龙对她很不错，他们还有孩子；另一方面沈家也待她不薄，她外出求学就是她的公公沈定一支持的。

瞿秋白对这一段复杂的感情也不知所措，于是，他向同在上海大学任职的邵力子征询意见。邵力子是杨之华的"义父"，他对瞿、杨二人知之甚深，他建议瞿秋白去和沈剑龙深入地谈一谈。

瞿秋白听从了邵力子的建议，他当即到浙江萧山找了沈剑龙。于是发生了十分戏剧性的一幕，两人一见如故，惺惺相惜，很快就成为了好朋友。当时，沈剑龙已经接受了这个现实，他们的谈话推心置腹，心平气和。在这场谈话中，沈剑龙的绅士风度令人敬服，而瞿秋白表现出的人格魅力更是让人叹为观止。

在这场谈话之后，1924年11月27、28、29日连续三天刊登三则启事，原文如下：

杨之华沈剑龙启事：自一九二四年十一月十八日起，我们正式脱离恋爱的关系。

瞿秋白杨之华启事：自一九二四年十一月十八日起，我们正式结合恋爱的关系。

沈剑龙瞿秋白启事：自一九二四年十一月十八日起，我们正式结合朋友的关系。

从此，一别两宽，各生欢喜。

在当年的11月7日，瞿秋白与杨之华在上海结婚，沈剑龙亲自到现场向瞿、杨二人表示祝福。

两人婚后度过了一段十分美好的时光。瞿秋白精通金石篆刻，他刻了一方印章送给杨之华，就是那枚著名的"秋之白华"印章。他曾对她说："我一定要把'秋白之华''秋之白华''白华之秋'刻成3枚印章，以示你中有我，我中有你，无你无我，永不分离。"

在那混乱的时代，这样甜蜜温暖的时光注定不会太长，令人窒息的哀伤终会到来。1935年，瞿秋白因叛徒出卖，被捕后从容就义。

瞿秋白刚刚牺牲时，杨之华尚未得到消息，她仍在全力奔走，四处呼吁、联络社会各界人士出面营救瞿秋白。当她的呼救尚未取得效果时，便从报刊上得知了瞿秋白被枪决的消息。得知消息后，伤心欲绝的杨之华当时就昏了过去。

"曾经沧海难为水，除却巫山不是云。"从此，杨之华再也没有走进婚姻的殿堂，她开始全力整理瞿秋白的著作，并寻觅瞿秋白的遗骨。直至20年后，瞿秋白的遗骨才被找到，并安葬于北京八宝山公墓。

人生岂非正如大海行船，在黑暗的海面上相逢，本来有各自的方向，但他们愿意在交汇的一刹那，抓住彼此，从此无论风和日丽，还是大浪滔天，都一起面对。

瞿秋白致杨之华情书节选

亲爱爱：

　　前天写的信，因为邮差来的时候，我在外面逛着，竟弄到现在还没有寄出。今天又接到你二十五日的信。那是多么感动着我的心弦呵！我俩的爱实是充满着无限的诗意。从半淞园以来，我俩的生活日渐的融化成一片，如果最近半年爱之中时时有不调和的阴影，那也只是一个整个的生命之中的内部的危机。最近半年是什么时候？是我俩的生命领受到极繁重极艰苦的试验。我的心灵与精力所负担的重任，压迫着我俩的生命，虽然久经磨练的心灵，也不得不发生因疲惫不胜而起呻吟而失常态。

　　稍稍休息几天之后，这种有力的爱，这整个的爱的生命，立刻又开始灌溉他自己，开始萌着新春的花朵。我俩的心弦之上，现在又继续的奏着神妙的仙曲。我只有想着你，拥抱你的，吻你……的时候，觉着宇宙的空虚是不可限量的渺小，觉着天地间的一切动静都是非常的微细——因为极巨大的历史的机器，阶级斗争的机器之中，我们只是琐小的机械，但是这些琐小的我们，如果都是互相融合着，忘记一切忧疑和利害，那时，这整个的巨大的机器是开足了马力的前进，前进，转动，转动——这个伟大的力量是无敌的。

你寄来的《小说月报》等及绒衫已经接到。我明后天大概就可以得到莫斯科的回音，究竟在此继续休养两星期，还是不。

最近精神觉得比以前好多了。但是正经的工作及书，都不能想起，不能想做。人的疲倦是如此之厉害呵！

见着仲夏（即邓中夏）、余飞（即余茂怀）代我问好，请他们写封信给我，有些什么新闻。

我吻你万遍你的阿哥
二十八日晚

最美情话

这种有力的爱,这整个的爱的生命,立刻又开始灌溉他自己,开始萌着新春的花朵。我俩的心弦之上,现在又继续的奏着神妙的仙曲。我只有想着你,拥抱你的,吻你……

02

亲爱爱：

今天接到你七日的信，方知兆征（即苏兆征）死的原因……

……

亲爱爱，我的感慨是何等的呵！

我这两天当然感觉到不舒服，神魂颠倒的。再过一星期，我就要回莫了，好爱爱，人的生死是如此的不定！

这次养病比上次在南俄固然成绩好些，但是，始终不觉着的愉快，我俩还是要经常的注意身体，方是有效的办法。养病的办法是没有什么用处的。但是，你快可以看见我了，至少比以前是胖些了。你高兴么？好爱爱，我要泡菜吃！

仁静回，托他带这信，仁静又是失恋一次，但是，他不屈不挠的，居然写了一封极长的信给她。他固然是很可怜的。

……

天气仍旧是如此冷，仍旧是满天的雪影，心里只是觉得空洞寂寞和无聊，恨不得飞回到你的身边，好爱爱。我是如此的想你，说不出话不出来的。

我想,我只是想着回莫(莫斯科)之后,怎样和你两人创造新的生活方法,怎样养成健全的身体和精神。

还有许许多多的话,要说,但是,不知如何的说,不知从何说起……亲爱爱,我吻你,吻你,要紧要回莫见着你,抱着你!!!我的心伤了!兆征的死,仿佛是焦雷一样……

你的阿哥
三月十三日

最美情话

天气仍旧是如此冷,仍旧是满天的雪影,心里只是觉得空洞寂寞和无聊,恨不得飞回到你的身边,好爱爱。我是如此的想你,说不出话不出来的。

亲爱爱：

昨天仁静走，给你带了一封信；下半天我睡梦中醒来，胸前已放着你来的信，我是多么高兴！可是这封信仿佛缺了一页。

好爱爱，你何以如此的消瘦呢？何以这样的愁闷，说死说活呢？乖爱爱，哥哥抱你，将你放在我的暖和的胸怀，你要乖些！不好这样的。我读着你那句话，险些没有掉下泪来。你的身体要好起来的。我早已告诉你，不要太用功了。读书不容易读熟的。当初我也是这样，自己读的写的常常会忘掉的。只要不自勉强，不管忘不忘，不管已读未读，只要常常有兴会的读着用着，过后自然会纯熟而应用。觉得疲乏的时候，决心睡一两天，闲一二天，在花园里散散心（只不可和男人——除掉我——吊膀子）。睡足了便觉得好些的。

乖爱爱！好爱爱，我吻你，吻你的……吻你的一切。

我译的工农妇女国际歌，有俄文的，你如看见仁静，他有一本歌集上有这首歌。俄国的妇女运动，现在是特殊的问题，也是一般的问题。城市中的妇女是已经没有所谓妇女问题，而是一般的技术文化问题——一般的官僚主义妨碍着女工得到法律上政治上已有保障；一般的物质建设的落后（如生育，育婴等的设备）妨碍着妇女之充分的和男子完全一样的发展；一般的社会设备及技术设备的缺乏（如公共食堂宿舍洗衣等），始终占领着妇女的许多时间。妇女问题上你所看见的缺点，正表示一般的社会主义建设的困难，以至党部工作的困难。那妇女部的吸香烟和一切态度，使我想着：苏联党的工作是如此之重大而繁复，但是他们的人材是如此之缺乏！

亲爱爱，你准备着自己的才力，要在世界革命及中国革命之中尽我俩的力量，要保重你的身体。我想，如果，我俩都凑着自己能力的范围，自己精力的范围，做一定的工作，准备着某种工作能力，自己固然可以胜任而愉快，对于工作也有益处。我俩的经验已经告诉我们：贪多嚼不烂是一无益处的！好爱爱，亲爱爱，我俩的生活是融和在一起，我俩的工作也要融和在一起。亲爱爱，你千万不好灰心，不好悲伤。我抱着你，我在意想之中抱着你，吻着你，安慰你。我过一礼拜便回来了——三月二十二日一定到莫斯科。你如果要上课，可以不要来接我，我偷偷地回家，等你回来，你是要如何高兴呵！那时，独伊也不能哭，而笑了！

好独伊，亲独伊！

"小小的蓓蕾含孕着几多生命，陈旧的死灰几乎不掩没光明。看那沙场的血花灿烂，经过风暴之后的再生，谁道是无意中的赤化？却是赤爱的新的结晶。"刚要发信,你的三月十一日的信来了。太阳好,心绪是要好些。我三月二十一日动身,二十二日早晨九十时可以到了。

吻你,吻你万遍你的阿哥
三月十五日

最美情话

乖爱爱,哥哥抱你,将你放在我的暖和的胸怀,你要乖些!不好这样的。

亲爱爱,你千万不好灰心,不好悲伤。我抱着你,我在意想之中抱着你,吻着你,安慰你。

亲爱爱：

好爱爱！昨天接到你的最后的一封信，邮差已经走了，今天是礼拜日，不能发信。仁静带的信应当到了——我本想二十日走，因为二十没有这带的火车，所以要二十一才走。亲爱爱，这次的离别特别的觉得长久，不知怎样，每时每刻不想着你。你的信里说着你高兴的时候，我是整天的欢喜；你的信里露着悲观的语气，我就整天的，两三天的愁闷。好爱爱！最近为什么你又悲观呢？

亲爱爱，乖爱爱，人家说几句话你就多心了，就难过了。不好这样的！好爱爱，我要紧要紧回家，回家看见你，抱你！你要高兴，要快乐。人生在世，要尽着快乐。你小时做算学题做不出的时候，烦恼的要死——至今我的性情还是如此——那时我母亲告诉我，"你去玩一下再来，高兴高兴，自然就算得出"！我总记得这句话，总记得，总不能完全实行。我俩一定实行这样的办法。好爱爱，你还要想着，我俩的爱是如何的世上稀有的爱，这就值得高兴了。至于身体，据医生和许多人说，最好是日常的有规律的自己保护，运动，比一切药都好。如果一则能高兴，二则能运动和吸新鲜空气，三则有相当的医药，那就自然会好起来！好爱爱，亲爱爱，我就如此的想：我的爱爱是世界上唯一的理想的爱人，她是如此的爱，爱着我，我心上就高兴，我要跳起来！

好爱爱，我再过五天就一定能看见你了！！吻你，吻你万遍。

你的阿哥

三月十七

最美情话

我的爱爱是世界上唯一的理想的爱人,她是如此的爱,爱着我,我心上就高兴,我要跳起来!

风花雪月的爱情，敌不过俗世烟火

——郁达夫·王映霞

　　撑着油纸伞,独自彷徨在悠长,悠长又寂寥的雨巷,我希望逢着一个丁香一样的结着愁怨的姑娘。

——戴望舒

"人生若只如初见,何事秋风悲画扇。"如若人世间的情感始如初见,终亦如初见,那就会少了许多悔恨的泪水和遗憾的叹息,郁达夫与王映霞之间的情缘就是如此。

当年,郁达夫在上海友人家中第一眼看到王映霞时,便惊为天人,随后便立即展开了狂热而又真挚地追求。坠入情网的郁达夫给王映霞写了大量动人的情书和情诗,一场轰轰烈烈的情感纠葛就此拉开了帷幕。

郁达夫的一生充满了传奇色彩,他三岁丧父,家境窘迫,但是他在文学上天分很高,七岁入私塾学习,九岁便能赋诗。他的第一段婚姻是父母之命,郁达夫在日本留学期间,他的母亲相中了一位门当户对的女子——孙荃。

也许是命运之神眷顾,他们相识仅仅一个月,感情便已十分融洽。或许,如果没有遇见王映霞,他们是能够相守到老的。可惜,人生从来都没有如果。

认识郁达夫的那年,王映霞20岁,郁达夫32岁。

一个正当好年龄的美丽女子,明眸如水,貌美如花,恰逢着浪漫多情的郁达夫,他的心彻底被她搅乱了。他在当天的日记中写道:"南风大,天气却温和,月明风暖,我真想煞了映霞,不知她是否也在想我,此事当竭力进行,求得和她做一个永远的朋友。"

王映霞此时已有婚约在身,她虽然十分仰慕郁达夫,但是两人年龄差距较大,更何况当时郁达夫已有妻室。因此,面对郁达夫的情书攻势,她选择了逃避,回到了杭州老家。

然而,郁达夫并没有放弃,他已经沉沦在爱情的漩涡里无法自拔。他追到了王映霞的家,并且见到了她的外公王二楠。本以为会遭到刁难的郁达夫,正准备要和王二楠理论一番。没想到的是,外公王二楠崇尚文艺,喜爱诗书,对这个追求自己外孙女的年轻人甚为满意,并且还与他谈诗论词,颇有相见恨晚之意。

有了家长的默许,再加上郁达夫的情书攻势,王映霞沦陷了。两人开始进入热恋时期,在这段时间,郁达夫给王映霞写了许多情书和情诗。最著名的莫过于这一首:"朝来风色暗高楼,谐隐名山誓白头。好事只愁天妒我,为君先买五湖舟。"

1927年6月5日,郁达夫与王映霞在杭州举行了订婚仪式。第二年春,两人正式结婚。他们的结合被称为"现代文学史上最著名的情事"之一,诗人柳亚子还盛赞二人为"富春江上神仙侣"。

婚后,郁达夫体质较弱,王映霞对他的生活照顾得无微不至,郁达夫靠着稿费和授课工资，家庭还算得上丰实。王映霞笑称："我们家比鲁迅家吃得好。"这段时间两人可称得上是琴瑟和谐，幸福美满，三年之中，连得两子。

时间一长，两人也开始有了摩擦，渐生罅隙。郁达夫不修边幅，还经常喝得烂醉如泥，并且他与孙荃并没有正式离婚，这一直都是王映霞心里的结。

直接导致这段感情破裂的是一个叫许绍棣的人。许绍棣时任浙江省教育厅厅长，他对王映霞产生了爱慕之意，并展开了追求。郁达夫发现之后，怒火中烧，他还在王映霞的一件衣服上写道："下堂妾王氏改嫁前之遗留品"。

虽然在朋友的努力斡旋之下，两人勉强和好，但是猜忌的种子已经埋下，事情很快便一发不可收拾。郁达夫在《大风》杂志上，发表了二十首诗词，名为《毁家诗纪》，将王映霞"出轨偷情"的事态全数公之于众。

王映霞忍无可忍，两人十二年的婚姻走到了尽头。

或许是因为爱的时候爱得疯狂，所以恨的时候恨得入骨。明明十分在乎一个人，却要用伤害来试探。猜忌一直都是爱情的死敌，郁达夫的猜忌直接将他们的婚姻送进了坟墓，曾经人人艳羡的神仙眷侣，走到最后终成陌路，给后人留下了无数的遗憾与叹息。

郁达夫致王映霞情书节选

01

映霞：

　　这一封信，希望你保存着，可以作我们两人这一次交游的纪念。

　　两月以来，我把什么都忘掉。为了你，我情愿把家庭，名誉，地位，甚而至于生命，也可以丢弃，我的爱你，总算是切而且挚了。我几次对你说，我从没有这样的爱过人，我的爱是无条件的，是可以牺牲一切的，是如猛火电光，非烧尽社会，烧尽自身不可的。内心既感到了这样热烈的爱，你试想想看外面可不可以和你同路人一样，长不相见的？因此我几次的要求你，要求你不要疑我的卑污，不要远避开我，不要于见我的时候要拉一个第三者在内。

　　好容易你答应了我一次，前礼拜日，总算和你谈了半天。第二天一早起来，我又觉得非见你不可，所以又匆匆的跑上尚贤坊去。谁知事不凑巧，却遇到了孙夫人的骤病，和一位不相识的生客的到来，所以那一天我终于很懊恼地走了，那一夜回家，仍旧是没有睡着，早晨起来，就接到了你一封信，——在那一天早晨的前夜，我曾有一封信发出，约你在今天到先施前面来会——你的信里依旧是说，我们俩人在这一个期间内，还是少见面的好。

你的苦衷，我未始不晓得。因为你还是一个无瑕的闺女，和男子来往交游，于名誉上有绝大的损失，并且我是一个已婚之人，尤其容易使人家误会。所以你就用拒绝我见面的方法，来防止这一层。第二，你年纪还轻，将来总是要结婚的，所以你所希望于我的，就是赶快把我的身子弄得清清爽爽，可以正式的和你举行婚礼。

由这两层原因看来，可以知道你所最重视的是名誉，其次是结婚，又其次才是两人中间的爱情。不消说这一次我见到了你，是很热烈地爱你的。正因为我很热烈的爱你，所以一时一刻都不愿意离开你。又因为我很热烈的爱你，所以我可以丢生命，丢家庭，丢名誉，以及一切社会上的地位和金钱。

所以由我讲来，现在我最重视的，是热烈的爱，是盲目的爱，是可以牺牲一切，朝不能待夕的爱。此外的一切，在爱的面前，都只有和尘沙一样的价值。真正的爱，是不容利害打算的念头存在于其间的。

所以我觉得这一次我对你感到的，的确是很纯正，很热烈的爱情。这一种爱情的保持，是要日日见面，日日谈心，才可以使它长成，使它洁化，使它长存于天地之间。而你对我的要求，第一就是不要我和你见面。我起初还以为这是你慎重将事的美德，心里很感服你，然而以我这几天自己的心境来一推想，觉得真正的感到热烈的爱情的时候，两人的不见面，是绝对的不可能的。若两个人既感到了爱情，而还可以长久不见面的说话，那么结婚和同居的那些事情，简直可以不要。

尤其是可以使我得到实证的，就是我自家的经验。我和我女人的订婚，是完全由父母作主，在我三岁的时候定下的。后来我长大了，有了知识，觉得两人中间，终不能发生出情爱来，所以几次想离婚，几次受了家庭的责备，结果我的对抗方法，就只是长年的避居在日本，无论如何，总不愿意回国。

后来因为祖母的病，我于暑假中回来了一次——那一年我已经有25岁了——殊不知母亲祖母及女家的长者，硬是把我捉住，要我结婚。我逃得无可再逃，避得无可再避，就只好想了一个恶毒法子出来刁难女家，就是不要行结婚礼，不要用花轿，不要种种仪式。我以为对于头脑很旧的人，这一个法子是很有效力的。

哪里知道女家竟承认了我，还是要我结婚，到了七十二变变完的时候，我才走投无路，只能由他们摆布了，所以就糊里糊涂的结了婚。但我对于我的女人，终是没有热烈的爱情的，所以结婚之后，到如今将满六载，而我和她同住的时候，积起来还不上半年。

因为我对我的女人，终是没有热烈的爱情的，所以长年的飘流在外，很久很久不见面，我也觉得一点儿也没有什么。从我这自己的经验推想起来，我今天才得到了一个确实的结论，就是现在你对我所感到的情爱，等于我对于我自己的女人所感到的情爱一样。由你看起来，和我长年不见，也是没有什么的。既然是如此，那么映霞，我真真对你不起了，因为我爱你的热度愈高，使你所受的困惑也愈甚，而我现在爱你的热度，已将超过沸点，那么你现在所受的痛苦，也一定是达到了极点了。

爱情本来要两人同等的感到，同样的表示，才能圆满的成立，才能有好好的结果，才能使两方感到一样的愉快，像现在我们这样的爱情，我觉得只是我一面的庸人自扰，并不是真正合乎爱情的原则的。

所以这一次因为我起了这盲目的热情之后，我自己倒还是自作自受，吃苦是应该的，目下且将连累及你也吃起苦来了。我若是有良心的人，我若不是一个利己者，那么第一我现在就要先解除你的痛苦。你的爱我，并不是真正的由你本心而发的，不过是我的热情的反响。

我这里燃烧得愈烈，你那里也痛苦得愈深，因为你一边本不在爱我，一边又不得不聊尽你的对人的礼节，勉强的与我来酬应。我觉得这样的过去，我的苦楚倒还有限，你的苦楚，未免太大了。今天想了一个下午，晚上又想了半夜，我才达到了这一个结论。由这一个结论再演想开来，我又发见了几个原因。第一我们的年龄相差太远，相互的情感是当然不能发生的。第二我自己的丰采不扬——这是我平生最大的恨事——不能引起你内部的燃烧。第三我的羽翼不丰,没有千万的家财,没有盖世的声誉,所以不能使你五体投地的受我的催眠暗示。

　　说到了这里,我怕你要骂我,骂我在说俏皮话讥讽你,或者你至少也要说我在无理取闹,无理生气,气你不肯和我相见,但是映霞,我很诚恳的对你说,这一种浅薄的心思,我是丝毫没有的。

　　我从前虽则因为你不愿和我见面而曾经发过气,但到了现在——已经想前思后的想破了的现在,我是丝毫也没有怨你的心思,丝毫也没有讽骂你的心思了。我非但没有怨你讥消你的心思,就是现在我也还在爱你。正因为爱你的原因,所以我想解除你现在的苦痛——心不由主,不得不勉强酬应的苦痛。我非但衷心还在爱你,我并且也非常的在感激你。

　　因为我这一次见了你,才经验到了情爱的本质,才晓得很热烈的想爱人的时候的心境是如何的紧张的。我此后想遵守你所望于我的话,我此后想永远地将你留置在我的心灵上膜拜。我这一回只觉得对你不起,因为我一个人的热爱而致累及了你,累你也受了一个多月的苦。我对于自己所犯的这一点罪恶,认识得很清,所以今后我对于你的报答,也仍旧是和从前一样,你要我怎么样,我就可以怎么样。你(以下两行字用墨涂了——编者按)。

　　映霞,这一回我真觉得对你不起,我真累及了你了。

　　映霞,你这一回也算是受了一回骗,把我之致累于你的事情,想得轻一点,想得开一点吧!

我还希望你不要因此而断绝了我们的友谊,不要因此而咒骂一班具有爱人的资格的男人。

这一回的事情,完全是我不好,完全是我一个人自不量力的瞎闯的结果。我这一封信,可以证明你的洁白,证明你的高尚,你不过是一个被难者,一个被疯犬咬了的人,你对我本来并没有什么好恶之感,并没有什么男女的私情的。万一你要证明你的洁白,证明你的高尚,你将这一封信发表的必要时候,我也没有什么反对的抗议。不过若没有这一种必要的事情发生的时候,我还是希望你保存着,保存到我的死后再发表。

最后我还要重说一句,你所希望我的,规劝我的话,我以后一定牢牢的记着。假使我将来若有一点成就的时候,那么我的这一点成就的荣耀,愿意全部归赠给你。

映霞,映霞,我写完了这一封信,眼泪就忍不住的往下掉了,我,我……

郁达夫

最美情话

现在我最重视的,是热烈的爱,是盲目的爱,是可以牺牲一切,朝不能待夕的爱。此外的一切,在爱的面前,都只有和尘沙一样的价值。

02

霞君鉴：

　　昨天的一日，总算是我平生最快乐的日子。我决计照昨天你所嘱咐的样子做去。此心耿耿，对你只有感谢和愉悦，若有变更，神人共击，我可以指天而誓。

　　杭州事未大定，你千万不可回去。在下礼拜内，我们当再玩一天，希望你能够允我的请求。我自今天起，要把生活转换，庶几可以报答你的好意。我对你如此的真诚，你若还不能信我，那是你的多疑，你要把这一种疑心丢掉才好。

　　你有什么不便，请你直接说与我知道，客气是生疏的时候的礼貌，我们的中间，是用不着的了。譬如你的日用起居各端，请你不客气地和我说出，我力虽微薄，心却热到沸点，能为你效劳的事情，就是丢掉生命也有所不惜。

　　很想做几句诗纪念纪念昨天的会谈情节，可是此调不弹已久，做不出来了。今天早晨，坐在车上，一路跑回家来，只想出了底下的几句不成调的东西：

朝来风色暗高楼，偕隐名山誓白头。
好事只愁天妒我，为君先买五湖舟。
笼鹅家世旧门庭，鸦凤追随自惭形。
欲撰西泠才女传，苦无椽笔写兰亭。
写给你笑笑。

达夫上

三月六日午后

最美情话

我力虽微薄，心却热到沸点，能为你效劳的事情，就是丢掉生命也有所不惜。

海琳
抖音号：zhlzhl0808
96.8w获赞 24.6w粉丝

使用抖音扫码加我好友

03

映霞：

今天的半天，在我是觉得很快乐的，不晓得你以为怎么样。你们去了以后，医生的周先生又说了许多的话。他也在赞你的美，我听了心里很是喜欢，就譬如是人家在赞我一样，映霞，我与你真已经是合成了一体了。我真是这样的想，假如你身上有一点病痛，我也一定同时一样的可以感到。所以前几天，你有了精神上的愁闷，我也同时感到了你这愁闷，弄得夜不安眠，食不知味。这几天，你的愁闷除掉了，我也就觉得舒服，所以事情也办得很多，饭也比平时多吃了。映霞，以我自己的经验推想起来，大约你总也是和我一样的，所以我此后希望你能够时常和我见面，时常和我在一块，那么我们两人的感情，必定会一天深似一天。今天的请陈女士到创造社来办事的话，若可以实现，我也希望你和她同来。我更希望蒋先生和她的事情，能够成功。明天蒋先生要把他著的两本小说寄给你们，希望陈女士读了能够满意。医生的周先生和蒋先生，都问我以对你的关系，我只说"我对她是十分的爱她，但她对我却是不即不离的样子。"（我告诉人的时候，都是这样的说，好使你对人容易措辞；我只说我在爱你，你却不十分爱我。）我们两人内心的情感，人家都还没有晓得，我想永久不使人家晓得，你以为怎么样？蒋先生今天又在此地过夜，他和我说陈女士，他觉得陈女士的纯洁，很可佩服，他更觉得陈女士的态度好，以为是一个未经世故的可爱的少女。大约蒋先生对她是已经拜倒在裙下了。以后若能好好的对她维持这目下的感情，那他和她的事情就可以成了。

  今天月亮很好，可惜因为你们要回去，不能上屋顶去看月亮，几时有机会，我们再来看一晚月亮吧，你以为如何？从明天起，我更要努力，为你而努力。现在夜已深了，蒋先生睡在沙发上，我偷了闲，写成这一封信，以践我前次对你所定的约，大约这信到明天午后总可到你那里，那时候，希望你见了我的信能够喜欢。映霞，下一次我们相会的时候，可要秘密一点，不能教第三者来参加，并不是我想做卑鄙的事情，因为在这一个爱情浓厚的时候，正应当细细的寻味这浓情蜜意。人生苦短，在这短短的人生里，这一段时期尤其不可再得，所以你我都应该尊重它，爱护它，好教他年结婚之后，也有个甜蜜的回忆，你以为如何？你以为如何？请你下回来信的时候告诉我。

达夫
三月十六夜十二点钟在东亚的五层楼上

最美情话

下一次我们相会的时候,可要秘密一点,不能教第三者来参加,并不是我想做卑鄙的事情,因为在这一个爱情浓厚的时候,正应当细细的寻味这浓情蜜意。

04

映霞：

　　昨晚上写好、今天早晨发出的那封信。大约你现在总接到了吧？现在天气晴了，天上散满着寒星，我很想到坤范来找你，但又怕你被人家说闲话，所以不敢来，可是，映霞，我的心却在驰向你那里去。映霞，今天我在家里住了一天，想你或者要来，但又想想，天气不好，道路泞泥很多，你大约是不来的，所以于五点钟前，出去走了一趟，到几家书店去看了一趟。从那里回来，吃过晚饭，上天井里去洗手，抬头看见了天上的星光，就想你想得了不得。映霞，明天请你来吧，明天你来一下，陈女士的事情，也可以决定一下，回答我，我好预备，噢，你务必要来的呢，明天午后，我在家里等你（午前我也在家）。

　　映霞，我现在真想哭，昨晚上写信的时候，心里已经难受极了，今天看了你那封午前发的来信，心里更是难受。映霞，我们俩的事情，像这样的过去，漫说三年，恐怕就是三个月也捱不得，你以为怎么样？

现在出版部里,又有一点小小的事情发生,我不得不去调解,不写了,明天再见。

映霞,kiss, kiss, a long long kiss.

达夫

三月十九日的晚上八时

最美情话

从那里回来,吃过晚饭,上天井里去洗手,抬头看见了天上的星光,就想你想得了不得。

05

映霞：

现在大约你总已经到了杭州了吧？你的祖父、母亲、弟弟、妹妹都好么？你或者现在在吃晚饭，但我一个人，却只坐在电灯的前头呆想，想你在家庭里团聚的乐趣。

今天早晨，我本想等火车开后再回来的，但因为怕看见了那载人离别的机器，堂堂的将你搬载了去，怕看见这机器将你从我的身旁分开，送上每天不能相见的远地去时，心里更要不快乐，更要悲哀，所以就硬了心肠，一挥手就和你别了。我在洋车上，把你的信拆开来看，看完的时候，几乎放声哭了起来，就马上叫车夫拉我回去，回到南火车站去，再和你握一握手。可是走到了蓬莱路口，又遇着了一群军队的通过，把交通都断绝了，所以只好闷闷的回来。回到了闸北，约略睡了一会，就有许多事务要办，又只好勉强起来应付着，一直的忙到了现在。现在大家在吃晚饭，我因为中上吃了太饱，不想下去吃饭，所以马上就坐下来写这封信。

映霞，你叮嘱我的话，我句句都遵守着，我以后要节戒烟酒，要发愤做我的事业了，这一层请你放心。

今天天气实在好得很，但稍觉凉了一点，所以我在流清水鼻涕，人家都以为我在暗泣。映霞，我若果真在这里暗泣，那么你总也该知道，这眼泪是为谁流的。

映霞，我相信你，我敬服你，我更感激你到了万分，以后只教你能够时时写信给我，那我在寂寞之中，还可以自慰。我只盼望我们的自由的日子到来，到那时候，我们俩可以永远地不至于离开。映霞，从前你住在梅白克路的时候，我们俩虽则不是在一个屋橼之下，但要相见的时候，只教经过一二十分钟就可以相见。那时候即使不和你相见，我心里但想着你是和我同处在上海，同在呼吸一个地方的空气，那心里就要平稳许多，但现在你却去得很远了，我一想到你，就要心酸起来。映霞，这一回的小别，你大约总猜不出要使我感到多苦楚。但你的这一次的返里，却是不得已的，并且我们的来日，亦正长得很，映霞，我希望你能够利用这个机会，说得你母亲心服，好使我们俩的事情，得早一日成功。

你的信里说，今年年内我们总可以达到目的，但以我现在对你的心境讲来，怕就是三四个月也等不得。

总之，映霞，我以后要努力了，要好好儿的做人了，我想把我的事业，重新再来做过一番，庶几可以不使你失望，不使人家会笑你爱错了人。

我以后不跑出去了,绝对不跑出去了,就想拚命的著书,拚命的珍摄身体,非但是为了我自己,并且是为了你。今天头昏得很,想早点睡觉,只写到此地为止,此信,当于明天一早,由我自家跑上租界上去寄出。我希望你当没有接到这一封信之先,已经有了寄给我的来书。

映霞,再见,再见!

一九二七年四月三日晚上写
达夫寄自上海创造社

闸北虽则交通不便,但信是仍旧可以通的,不过迟一点就是。

四月四日早付邮

最美情话

那时候即使不和你相见,我心里但想着你是和我同处在上海,同在呼吸一个地方的空气,那心里就要平稳许多,但现在你却去得很远了,我一想到你,就要心酸起来。

06

映霞：

请你恕我，恕我昨天的一天没有写信给你。我现在才知道你对于我是如何的重要，你的不在我的身旁，又是如何的不能使我安定的。因为昨天的一天，今天的半日，我只在对于你的追怀里过活。昨今两日，天气异常的好，早晨我在床上一睁开眼睛，就在猜想你这时候大约总在那里做什么干什么。想来想去想半天，想得急起来，就马上起来，洗了手脸跑出外面去。跑上什么地方去呢？当然是跑上新闸路你曾经住过的地方去。因为我想，我虽则不能见你的面，至少也可以见见你所曾经住过的屋宇。老在那里看学校面前的牌子等类，也没有什么意思，所以，我呆呆的在梅白克路立一忽，就又跑上你我曾经去过的地方去一回，上那儿去得不久，便又想跑回来上梅白克路去。像这样的跑来跑去，不知跑了几多次，到后来弄得倦了，才回来休息，所以昨晚上终于没有写信给你，因为身体疲乏了，没有余勇再来执笔写信。

今天早晨，也是这样的跑出去了一次，后来记起了我二哥哥今天要上船往北京去，才跑上四马路去送他上船。当他上船之后，回头来对我说保重身体的时候，我又想起了前天南火车站上你我两人的分手，就不觉眼圈儿红了起来，而万事不知的我的这位哥哥，还以为我对于他的手足情深，在江头伤别哩。

从船埠头走回闸北来，满身晒着了和暖的春天的太阳，长空渺渺，也青淡得可人，我又想起了西湖，想起了你。"像这样的时候……"我想，"……像这样的时候，假如能够和映霞两个人在湖塍上闲步，那就是叫我去做皇帝，我也不干的，呵，映霞，此刻你在那里做什么事情？"我一边走，一边老是在这样的想着。

吃过午饭，因为想你想得出神，便想上蒋光赤那里去约他同到杭州来看你们。但帽子刚才戴上，光赤却从扶梯上走上来了。今天他系特地上闸北来问杭州的你的住址。因为陈女士给他的信里，只说有信可以寄你转交，而没有把你的住址写上。我喜欢之至，和他谈到杭州来的事情，然而他却说，"火车挤得这一个样儿，杭州如何的去呢？"依他的意思，杭州是不能马上就去的，他教我再静待几时，等时局稍为平稳一点之后，再来看你，我的一腔苦衷，也终于不敢对他吐露，所以就糊里糊涂的答应他了。

郭沫若还没有来上海，我对于创造社的事情，现在也还不能撒手丢去，所以在最近的两三礼拜之内，恐怕仍旧是得不到自由的。我现在所最希望的，就是把一切的社会关系，脱离干净，光拿一支笔几张纸，跑到西湖上来闲住，一边细细里的培护着我们俩的爱的鲜芽，一边努力的做一篇不朽的大作。可是这一点小小的希望，怕终没有实现的一天，所以我一想到你，一想到西湖的春日，心里就要起许多烦闷。

今晚上出版部的伙计们全出外去逛去了，只有我一个人在家里守着，本来很想写一封极长极长的信，但是写到了此地，仿佛有点想睡觉了，映霞，我就此搁笔了吧，希望你这时候，也在握笔写信给我。

达夫

四月五日夜十时

最美情话

从船埠头走回闸北来,满身晒着了和暖的春天的太阳,长空渺渺,也青淡得可人,我又想起了西湖,想起了你。

07

映霞：

　　我打给你的电报，大约你总接到了吧？此外更有五六封信，我想至少一封快信，一封托徐逸庭女士带上的信，你总能接到的。我的日夜想你，和你是一样的，今天闸北又因为缴总工会的械而开火，我幸亏还好，因为前夜宿在租界上没有回去。我往南站去趁了两次车（起了两天的早），终于没有趁到，今晚上仍旧宿在租界上的一个小旅馆里。现在火车又不通了，在三月半左右，我不晓得能不能来杭州，但无论如何，我总想到杭州来过三月半。

　　今晚上又是一晚不睡，翻来覆去，只在想和你两人同在上海的时候的情景。映霞，我们的运气真不好，弄得这一个韶光三月，恋爱成功后的第一个三月，终于不能在一块儿过去。不过自古好事总多魔劫，这一个腐烂的时局也许是试探我们的真情的试金石。映霞，我想我们两人这一回相见的时候，恐怕情热比从前还要猛烈，这是一定的。

　　我在上海决没有危险，请你切不要轻信谣言，急坏了身体。

我的到杭州来，也必定不至冒险前来，必要等时局平靖一点之后再来，请你放心。本来蒋先生约我同来杭州的，这样的火车一断，怕是不能同来了，因为我想绕道宁波或由水道到杭州的拱宸桥上岸。但是我现在还在等着，等火车的开通。总之映霞，等杭沪火车一通，我就可以来杭，请你安心等着，不要太着急了，小心急坏了你的身体，因为我们两人中间，一个人坏了，就要牵连到另外的一个人身上去的。窗外头又在下雨，今天午后我因为无聊，去卡尔登看了一张影片。这影片的情节，很像我们两人的事情，可惜你没有看见，你若看见了怕你又要哭一场哩。映霞，最爱的映霞，你现在大约总睡在床上做梦吧？我希望你梦见我，在梦里和我kiss。

达夫上

四月十三午前三点钟（阴三月十二日）

最美情话

窗外头又在下雨,今天午后我因为无聊,去卡尔登看了一张影片。这影片的情节,很像我们两人的事情,可惜你没有看见,你若看见了怕你又要哭一场哩。映霞,最爱的映霞,你现在大约总睡在床上做梦吧?我希望你梦见我,在梦里和我kiss。

映霞：

今天的一天，天气真好，我也在出版部里办了一天的事情。我这番从杭州回来以后，不晓得怎么的，心里觉得很平安了，我天天在做事情，不过看书做文章的心思还没有。昨天发出了两封快信，一封给你，一封给你祖父，大前天从车站出来，也曾发过一封快信，大约你总都已经接到了吧？可是以我到今天为止还没有接你的来信的经验上看来，或者我发的信，现在还没有到你手里，可恶的递书者，何以要这样的耽误我们的音信？映霞，我以后恐怕要忙一点，不能每天写信给你了，你若有三天五天不接我的信的时候，请你为我喜欢，因为我那时候若不在做文章，必在翻译书，没有工夫写信给你。以后你若不接我的信时，请你不要着急。我已经决定了，决定做一个穷文士而终，再也不想到社会上去做什么工作，所以我决不会有出轨的行动和不测的危险的，请你放心。

今天天气真好，我到午后去访问了蒋霞生，可是见不到他，随后又去访华林，和他谈了半个多钟头关于文艺和爱情的话。他说他已经把我们俩恋爱的消息传了出去，被一本杂志登载出来了，现在我还没有看见，看见了再寄给你。不过请你放心，无论如何总不会说你我的坏话，不至于有碍我们的名誉的。

我自从此番到上海之日起，每天总早眠早起。现在已经是十点十分了，我就想躺上你送给我的那个黄花枕头上去做好梦，也许在梦里能够和你相见。

达夫

四月廿三夜

返沪后第三信

最美情话

现在已经是十点十分了,我就想躺上你送给我的那个黄花枕头上去做好梦,也许在梦里能够和你相见。

我是一朵为爱永不低头的野蔷薇

——庐隐·李唯建

我是等着你,天边去,地角也去,为你我什么道儿都欣欣的不踌躇的走去。

——徐志摩

民国时期，特别是在五四运动之后，随着女性解放思想的传播，涌现出了一大批才华横溢、风华绝代的女性。张爱玲、林徽因、陆小曼、凌叔华、石评梅……但是，由于时代的局限和束缚，她们的经历大都既惊艳又悲凉。庐隐就是她们之中最有代表性的一个。

庐隐原名黄淑仪，在民国的才女之中，她非常低调，并不引人注目，犹如一支遗世而独立的清荷。但是她的情感经历最跌宕起伏，她的三段经历每一段都可以称得上惊世骇俗。

她的初恋是表哥林鸿俊，可是当林鸿俊向庐隐的母亲提亲时，她的母亲回绝了这桩婚事，理由是林鸿俊未受过高等教育，且家境贫寒。庐隐心中十分愤懑，她激烈地反抗，为了嫁给林鸿俊，她甚至不惜与家人反目。她写信给母亲："我情愿嫁给他，将来命运如何，我都愿意承受。"

但是，在进入大学后，庐隐受到新思潮的影响，她的思想开始发生巨大的变化。一心仕途的林鸿俊与她的思想距离也越来越远，此时她的家人都已经接受了两人的婚约，但是庐隐却主动要求解除婚约。

当然，还有另外一个非常重要的原因，她遇上了另外一个男子——郭梦良。

郭梦良是北大法律系的高材生，还是《闽潮》的编辑部主任，他以风度、才华、思想打动了庐隐，并向庐隐表达了他藏在内心的情愫。庐隐深深地陷入爱情的漩涡里，但是她也很矛盾，因为郭梦良已经有了妻子。

庐隐说："我是一朵为爱永不低头的野蔷薇，任自由纷飞点缀我整个城市的灰；我是一朵被爱洗涤后盛开的蔷薇，任坚固柔情保卫我不被原谅的罪。"

面对恋爱与婚姻，她更像是一只扑火的飞蛾，明知会受伤，也毫不犹豫地扑了上去。但是好景不长，在他们的女儿出生后不久，郭梦良便去世了。

在她最痛苦的时候，一个比她小9岁的年轻诗人李唯建走进了她的世界。刚开始他们的通信，只是谈论文学、人生、时事，他自称"异云"，她则署名"冷鸥"，两人以姐弟相称。慢慢地，李唯建便被她的才情所吸引，爱上了庐隐。

在李唯建的热烈的追求中，庐隐又一次体会到了被爱的滋味，爱情又一次照亮了她，她的心防也被打开了。李唯建的浪漫情怀、热情奔放的风度，令她倾心不已。

一个带着孩子的女人与一个比她小9岁的大学生相恋，在当时引起了无数人的谩骂和指责，就连她的亲朋好友也不理解。但是，他们毅然突破世俗的眼光，走进了婚姻的殿堂，她说我终于"从重浊肮脏的躯骸中逃逸出来了"。

他们结婚之后一起生活了四年时间，在这四年之中，他们的生活虽然清苦，但是过得很快乐。在文学创作上，她也有了新的重大突破。她还将他们来往的情书结集出版，这就是《云鸥情书集》。

就在所有人都以为她这朵野蔷薇会一辈子这样快乐地生活下去时，她却因难产去世，年仅36岁。

庐隐去世后，李唯建悲痛万分，为了慰藉庐隐的在天之灵，李唯建将她生前的全部作品放进棺内。

"当时明月在，曾照彩云归。"因为爱情，她的人生虽然只有短短的三十六年，但是却比许多人的一生更加精彩。她在人世间爱得惊心动魄、酣畅淋漓，世俗的眼光和流言蜚语，也不能阻挡她追寻爱情的脚步，她始终是那一朵为爱永不低头的野蔷薇。

庐隐致李唯建情书节选

01

亲爱的——

你瞧！这叫人怎么能忍受？灵魂生着病，环境又是如是的狼狈，风雨从纱窗里一阵一阵打进来，屋顶上也滴着水。我蜷伏着，颤抖着，恰象一只羽毛尽湿的小鸟，我不能飞，只有失神的等候——等待着那不可知的命运之神。

我正像一个落水的难人，四面汹涌的海浪将我紧紧包围，我的眼发花，我的耳发聋，我的心发跳，正在这种危急的时候，海面上忽然飘来一张菩提叶，那上面坐着的正是你，轻轻的悄悄的来到我的面前，温柔的说道："可怜的灵魂，来吧！我载你到另一个世界。"我惊喜的抬起头来，然而当我认清楚是你时，我怕，我发颤，我不敢就爬上去。我知道我两肩所负荷的苦难太重了，你如何载得起？倘若不幸，连你也带累得沦陷于这无边的苦海，我又何忍？而且我很明白命运之神对于我是多么严重，它岂肯轻易的让我逃遁？因此我只有低头让一个一个白银似的浪花从我身上踏过。唉，我的爱，——你真是何必！世界并不少我这样狼狈的歌者，世界并不稀罕我这残废的战士，你为甚么一定要把我救起，而且你还紧紧的将我搂在怀里，使我听见奇秘的弦歌，使我开始对生命注意！

呵，多谢你，安慰我以美丽的笑靥，爱抚我以柔媚的心光，但是我求你不要再对我遮饰，你正在喘息，你正在扎挣，——而你还是那样从容的唱着摇篮曲，叫我安睡。可怜！我哪能不感激你，我哪能不因感激你而怨恨我自己？唉！我为什么这样渺小？这样自私？这样卑鄙？拿爱的桂冠把你套住，使你吃尽苦头？——明明是砒霜而加以多量的糖，使你尝到一阵苦一阵甜，最后你将受不了荼毒而至于沦亡。

唉，亲爱的，你正在为我柔歌时，我已忍心悄悄的逃了，从你温柔的怀里逃了，甘心为冷硬的狂浪所淹没。我昏昏沉沉在万流里飘泊，我的心发出忏悔的痛哭，然而同时我听见你招魂的哀歌。

爱人，世界上正缺乏真情的歌唱。人与人之间隔着万重的铜山，因之我虔诚的祈求你尽你的能力去唱，唱出最美丽的最温柔的歌调，给人群一些新奇的同感。

我在苦海波心不知飘泊几何岁月，后来我飘到一个孤岛上，那里堆满了贝壳和沙砾，我听着我的生命在沙底呻吟，我看着撒旦站在黑云上狞笑。啊，我为我的末路悲悼，我不由的跪下向神明祈祷，我说："主呵！告诉我，谁藏着玫瑰的香露？谁采撷了智慧之果?……一切一切,我所需要的,你都告诉我!你知道我为追求这些受尽人间的坎坷!……现在我将要回到你的神座下,你可怜我,快些告诉我吧!"

我低着头,闭着眼,虔诚的等候回答,谁想到你又是那样轻轻的悄悄的来了!你热烈的抱住我说:"不要怕,我的爱!……我为追求你,曾跋涉过海底的宫阙,我为追求你,曾跑遍山岳;谁知那里一切都是陌生,一切都是飘渺,哪有你美丽的倩影?哪有你熟习的声音?于是我夜夜唱着招魂的哀歌,希冀你的回应;最后我是来到这孤岛边,我是找到了你!呵,我的爱,从此我再不能与你分离!"

啊,天!——这时我的口发渴,我的肚子饥饿,我的两臂空虚,——当你将我引到浅草平铺的海滨——我没有固执,我没有避忌,我忘记命运的残苛;我喝你唇上的露珠,我吃你智慧之果,我拥抱你温软的玉躯。那时你教给我以世界的美丽,你指点我以生命的奥义,唉,我还有什么不满足?然而,吾爱,你不要惊奇,我要死——死在你充满灵光漾溢情爱的怀里,如此,我才可以伟大,如此我才能不朽!

我的救主,我的爱,你赐予我的如是深厚,而你反谦和的说我给你的太多太够!

然而我相信这绝不是虚伪,绝不是世人所惯用的技巧,这是伟大的爱所发扬出来的彩霓!——美丽而协和,这是人类世界所稀有的奇迹!

今后人世莫非将有更美丽的歌唱，将有更神秘的微笑吗？我爱，这都是你的力量啊！

前此撒旦的狞笑时常在我心中徘徊，我的灵魂永远是非常狼狈——有时我似跳出尘寰，世界上的法则都从我手里撕碎，我游心于苍冥，我与神祇接近。然而有时我又陷在命运的网里，不能挣扎，不能反抗，这种不安定的心情像忽聚忽散的云影。吾爱，这样多变幻的灵魂，多么苦恼，我须要一种神怪的力将我维系，然而这事真是不容易。我曾多方面的试验过：我皈依过宗教，我服膺过名利，我膜拜过爱情，而这一切都太拘执太浅薄了，不能和我多变的心神感应，不能满足我饥渴的灵魂，使我常感到不调协，使我常感到孤寂，但是自碰见你，我的世界变了颜色——我了解不朽，我清楚神秘。

亲爱的，让我们似风和云的结合吧。我们永远互相感应，互相融洽，那么，就让世人把我们摒弃，我们也绝对的充实，绝对的无憾。

亲爱的，你知道我是怎样怪癖，在人间我希冀承受每一个人的温情，同时又最怕人们和我亲近。我不需要形式固定的任何东西，我所需要的是适应我幽秘心弦的音浪。我哭，不一定是伤心；我笑，不一定是快乐；这一切外形的表现不能象征我心弦的颤动；有时我的眼泪和我的笑声是一同来的；这种心波，前此只有我自己知道，我自己感着，现在你是将我整个的看透了。你说：

"我握着你的心，

我听你的心音；

忽然轻忽然沉，

忽然热忽然冷，

有时动有时静，——

我知道你最晰清。"

呵！这是何等深刻之言。从此我不敢藐视人群，从此我不敢玩弄一切，因为你已经照彻我的幽秘，我不再倔强，在你面前我将服贴柔顺如一只羔羊。呵，爱的神，你诚然是绝高的智慧，我愿永远生息于你的光辉之下，我也再不彷徨于歧路，我也再不望着前途流泪，一切一切你都给了我，新奇的觉醒——我的爱，我的神……

最美情话

亲爱的,让我们似风和云的结合吧。我们永远互相感应,互相融洽,那么,就让世人把我们摒弃,我们也绝对的充实,绝对的无憾。

02

亲爱的异云：

　　心神的不安定，使我觉得时间特别难过；而且这几天我是处在一个举目生疏的环境里，独坐静听窗外秋风，看窗前雁影，我的心是从胸膛里跳了出来，孤零零的，冷森得不知怎样才好！时时刻刻祷祝太阳快点走——我虽明知日子是去而不返——但这样荼毒的时光，我实在不愿爱惜，而且也没有勇气爱惜。

　　我渴念着远离的你们。呵，异云，我的神经本来有些过敏，我只要想到你们，我的心便立刻跳了起来。我可以幻想出许多可怕的事情来，我恨不得抓住天空的一朵行云，飘我回到北平，回到我寄放心神的你们的身旁。呵，异云！从这一次体验中，我更知道人生在世所最可宝贵的是什么了——不是虚荣，也不是物质，只是合拍的心，融洽的情。以后我什么都不愿要，只要捉住你的心，陶醉在你的热情里，让日月在我头顶上慢慢逝去，让我的躯壳渐渐的衰朽，只要不使我的心孤零，我永远是感谢造物主的！

　　异云，这三四天我是旅行了一次新沙漠。那些学生虽对我表示十三分的欢迎,但是我所要的不是那些——那些是不能医治我灵魂饥渴的东西。唉,爱人,——异云——你是知道我要的是什么呢!请你用你伟大的同情来抚慰我吧!我实在狼狈到无以复加了!

今天好容易盼到回北平了,无奈倒霉的火车又误了点,今天还不知什么时候可以到北平。你今天下午到我家里,听说我还不曾回来,一定要受一点虚惊吧。异云,我真不明白我怎么越活越没出息,没有勇气;记得前几年我常是过着飘泊的生活,而现在对于这小小的旅行都这样懒惧起来,自然我可以说出相当的理由来,是因为我的心所受的创伤太多了,不能再有支持的力量了——如果再加上一点重量,我自然是担当不住的。

唉,异云,这样一个心神疲弱的人,现在是投在你的怀里,你将为了她更努力的支持了;而且她除了投在你的怀里,任何地方都是不安适的呵!希望你永远温柔的用你的两臂将我环住吧。到处都是冷硬,我实在不能找到更安适的地方。

我在这里等火车,心情非常不耐烦,给你写这封信,还比较松快些。

下午我愿你是坐在我的房里等我的。呵,亲爱的,好好的安慰我吧!

最美情话

　　以后我什么都不愿要,只要捉住你的心,陶醉在你的热情里,让日月在我头顶上慢慢逝去,让我的躯壳渐渐的衰朽,只要不使我的心孤零,我永远是感谢造物主的!

异云——我生命的寄托者：

　　今天我看看日历已经三月三号了，虽然前两天曾下过雪，但那已是春之复归的春雪。呵，在这阳光融雪，雨滴茅檐的刹那间，我的心起了极大的变化，我仿佛沉梦初醒，又仿佛长途归来，你想我是怎样的庆幸与惊喜呢？唉！我们相识已经整整一年了，——一年了。在这一年中，我们在人间镂刻上不少的痕迹，我们曾在星月下看过春的倦睡；我们曾在凌晨听过海边的风涛的豪歌；我们也曾互相在迷离的海雾中迷失过；我们也曾在浓艳的玫瑰汁中沉醉过；我们也曾在凄风苦雨的荒庙痛哭过，——呵！这样一段多变化多幽秘的旅途，现在我们是走完了，我们不是初次航海的冒险者了，我们已经看惯海上的风涛，这时候无论海雾如何浓厚，波涛如何猖獗，亦不足动摇我们的目标的分毫了。呵！爱人！前面有一盏光明的灯，前面有一杯幸福的美酒，还有许多青葱的茂林满溢着我们生命的露滴，吾爱！让我们放下人间一切的负荷，尽量的享受和谐的果实吧。

吾爱！我曾听见"时间"在静悄中溜过，——它是毫不留意的溜过，在这时候，我们要用全生命去追逐它，不愿有一秒钟把它放过。你知道，吾爱！它走了是永不再回来的呵！即使它还回来，我们已经等不得了；所以吾爱，我们应当好好的生活，好好的享受，不要让时间抛弃了我们。你知道，美丽的春花，是为了我们而含笑的；幽美的月夜，是为了我们而摆设的；我们是一切的主宰。

你的房屋布置得那样理想，别人或者要为你的阴黯而悲伤，但是我呢，不，绝不觉得是可悲的事情。我看见一朵墨绿色的茶花，是开在你的心上，它是多色彩，多幽秘的象征，所以吾爱，我虔诚的膜拜你，你是支配了生命的跃动，你是美化了万汇。

在这紊乱尘迷的世界，我常常失掉我自己，但是为了你的颂赞——就藉着你那伟大锐利的光芒，我照见了狼狈的自我，爱人呵！我是从渺小中超拔了，我从重浊肮脏的躯骸中逃逸了。我看见一朵洁白的云上，托着毫不着迹的灵魂，这时我是一朵花，我是一只鸟，我是一阵清风，我是一颗亮星，但是吾爱！你千万不要忘记这完全是你的赐予呵！倘若那一天我是失掉了你，由你心中摒弃了我的时候，我便成了一颗陨了的星，一朵枯了的花，一阵萧瑟的风，一只僵死的鸟，从此宇宙中将永看不见黑暗中迸出的光芒，残杀中将永无微笑，春天将不再有鸟儿歌唱，所以吾爱，你是掌有宇宙的生杀之权，你是宇宙的神明，同时也是魔鬼。

但是美丽爱人，我早认识你了，你虽然两手握着两样的权威，而你温柔的两眼,已保证了你对人类的和慈与爱护,所以我知道宇宙从此绝不再黯淡了。哦,伟大的爱人!我真诚的为你滴出心的泪滴,你是值得感激和膜拜的呵!

异云——展开你伟大的怀抱。我愿生息在你光明的心胸之下。

最美情话

倘若那一天我是失掉了你,由你心中摒弃了我的时候,我便成了一颗陨了的星,一朵枯了的花,一阵萧瑟的风,一只僵死的鸟,从此宇宙中将永看不见黑暗中进出的光芒,残杀中将永无微笑,春天将不再有鸟儿歌唱,所以吾爱,你是掌有宇宙的生杀之权,你是宇宙的神明,同时也是魔鬼。

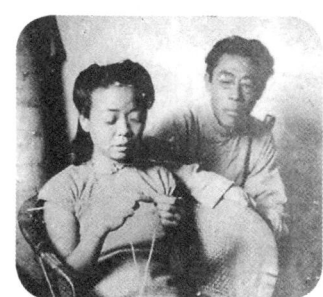

花要开了,一切都是为你

——闻一多·高孝贞

醉过才知酒浓，爱过才知情重。

——胡适

红豆又名相思子,自古以来,无数文人墨客以红豆寄托相思之情,写下了大量的经典诗词。有温庭筠的"玲珑骰子安红豆,入骨相思知不知",有秦观的"银烛生花如红豆",还有刘过的"万斛相思红豆子"。

到了近代,鲁迅写过"细雨轻寒二月时,不缘红豆始相思",李叔同也写过"说相思,刻骨双红豆",而其中最著名的莫过于闻一多所写的《红豆(组诗)》。在诗中,他向自己的妻子高孝贞表达了深切的思念之情。

民国时期,文人才子们没有感情基础的包办婚姻,几乎都没有什么好的结局。但是有一种爱情叫先婚后爱,闻一多与高孝贞就是如此。

闻一多出身于书香门第,自幼饱读诗书,13岁就考上了清华大学。他与高孝贞的婚约便是在他考上清华大学的第二年定下的。高孝贞与闻一多是姨表亲,当高孝贞的父亲上门提亲时,闻一多的父母没有征询闻一多的意见,便应下了这门亲事。

1921年底,闻一多从清华大学毕业,正在准备前往美国留学时,他接到了父母的信,催他回家结婚。闻一多对这门亲事非常抗拒,他是新文化运动的参与者,还是清华大学的高材生,他渴望的是自由恋爱,憧憬的是"最高、最真"的情感,而不是和一个没有感情的女子结婚。

闻一多最后还是迫于无奈,与高孝贞成了亲。婚后,他对新娘非常冷淡,还向弟弟闻家驷写信诉苦:"家庭是一把铁链,捆着我的手,捆着我的脚,捆着我的喉咙,还捆着我的脑筋;我不把它摆脱了,撞碎了,我将永远没有自由,永远没有生命!"

虽然这场婚姻闻一多并不情愿,但这并不是高孝贞的错。闻一多并没有对她不管不问,他鼓励高孝贞努力学习,还亲自教她读唐诗。在闻一多的强烈要求下,高孝贞被闻一多的父母送到了武昌女子职业学校读书。

在美国留学期间,闻一多经常与高孝贞通信,或许是美国的浪漫气息感染了闻一多,或许是两人在精神上有了很好的交流,他逐渐对高孝贞产生了好感,并写下了著名的《红豆(组诗)》献给妻子,"相思着了火,有泪雨洒着,还烧得好一点;最难禁的,是突如其来,赶不及哭的相思。"

1925年6月,闻一多留学归来,在北平国立艺专任教。他将妻子和女儿接到北京,他常在空闲时带家人看电影、逛故宫、颐和园、动物园,他们将日子过成了诗,已经真正成为彼此生活和灵魂上的伴侣。他对好友说:"世界上最美妙的音乐莫过于在午夜醒来,静听妻室儿女在自己身旁轻轻的、均匀的鼾息声。"

好景不长,他们刚刚度过五年的美好时光,就再次面临分别。1937年卢沟桥事变爆发,闻一多不得不与妻子离别,前往昆明西南联大。他接连写了多封书信,思念之情跃然纸上:"今天早晨起来拔了半天草,心里想到等你回来看着高兴,荷花也放了苞,大概也要等你回来开,一切都是为你。"

原先是"恨你恨得要死",如今是"想你想得要死"。

半年之后,时局越发艰难,闻一多心中万分焦虑,十分牵挂远在家乡的妻子儿女。正当此时,他的弟弟闻家驷受邀前往昆明西南联大,高孝贞带着三个孩子随行,经过长途跋涉,一家人终于团圆,从此他们再也没有分开。

1945年7月15日,这一天对高孝贞来说,是她生命中最黑暗的一天。闻一多在他发表《最后的演讲》之后,遭到国民党特务暗杀。

闻一多曾经说过:"只有对感情忠实的人,才能尝到感情的滋味,他未来的家庭一定比较幸福。"这虽然是他对学生说的,但又何尝不是他自身的写照。也许他们的爱情来得有点晚,也没有那么浪漫,但是情到深处,缠绵入骨,风是你,云是你,水也是你,满眼皆是你,再也容不下其他了。世间最美好的爱情,也不过如此吧。

闻一多致高孝贞情书节选

亲爱的妻:

这时他们都出去了,我一人在屋里,静极了,静极了,我在想你,我亲爱的妻。我不晓得我是这样无用的人,你一去了,我就如同落了魂一样。我什么也不能做。

前回我骂一个学生为恋爱问题读书不努力,今天才知道我自己也一样。这几天忧国忧家,然而最不快的,是你不在我身边。亲爱的,我不怕死,只要我俩死在一起。我的心肝,我亲爱的妹妹,你在哪里?从此我再不放你离开我一天,我的肉,我的心肝!你一哥在想你,想得要死!亲爱的:午睡醒来,我又在想你。时局确乎要平静下来,我现在一心一意盼望你回来,我的心这时安静了好多。

十六日

妹：今天早晨起来拔了半天草，心里想到等你回来看着高兴，荷花也放了苞，大概也要等你回来开，一切都是为你。

十七日　早

最美情话

今天早晨起来拔了半天草,心里想到等你回来看着高兴,荷花也放了苞,大概也要等你回来开,一切都是为你。

02

贞：

今天接到你6月24日的信，说三四日内动身来省，现在想已来到，婆婆想已去沙洋，爹爹何时来省，细叔现在何处，来函盼告我。武汉局势暂时似不要紧，近日敌机仿佛也不大到武汉来，你们暂时在武昌住下再说，万一空袭来得厉害，就往咸宁躲一躲，请大舅在武昌我家暂住，以便照料。旧衣服可先寄来，我需要的裤褂以及你们应添的衣服，若来得及，无妨做起来，也由邮局寄来，上次信上说到学校迁移的事，究竟迁到什么地方，现在尚未决定。如果在昆明附近，我们还是住昆明，但我一时又不能到昆明去找房子，25日考大考，我大概要月底把卷子看完，才能离开蒙自，你们最好也在月底动身，汽车票听说要早买，或者月半前后请大舅上长沙去一趟，把票先买回来，亦无不可。将来走时，仍请大舅送至长沙，到贵阳可找我的同班聂君照料，下次我再寄一封介绍信来。细叔的事大致无问题，上次信中已说过，细娘是否同来，关于他们的情形，来信请告诉我，以便好找房子，现在计划已经大致决定,我想你心里可以高兴点,只再等一个月,我们就可见面,这次你来了,以后我当然决不再离开你,无论如何,我决不再离开你一步,我想,你也是这样想吧?叫孩子们放乖些,鹤、雕读书写字不可间断,前回信上说你又有些发心慌,现在好了没有?

多
1938年7月1日

最美情话

只再等一个月,我们就可见面,这次你来了,以后我当然绝不再离开你,无论如何,我绝不再离开你一步,我想,你也是这样想吧?

小包总
抖音号:NicoleL

151.9w获赞 29.4w粉丝

使用抖音扫码加我好友

03

贞：

　　武汉轰炸两次，心里着急，不知离武汉否，接到你们初到长沙的电报才放心，后来见报长沙也被轰炸，又急了好几天，直到前天二次电报来了，才知道全体动身，更是感天谢地。现在只希望路上不致多耽搁，孩子们不生病。这些时一想到你们，就心惊肉跳，现在总算离开了危险地带，我心里稍安一点。但一想到你们在路上受苦，我就心痛，想来想去，真对不住你，向来没有同你出过远门，这回又给我逃脱了，如何叫你不恨我？过去的事，无法挽救，从今以后，我一定要专心侍奉你，做你的奴仆，只要你不气我，我什么事都愿替你做。好不好？

多
廿八日早

最美情话

从今以后,我一定要专心侍奉你,做你的奴仆,只要你不气我,我什么事都愿替你做。好不好?

我不能决定如何生与死,但可以决定如何爱与活

——萧红·萧军

在遇到她以前，我从未想过结婚的事；和她在一起这么多年，从未后悔过娶她做妻子，也从未想过娶别的女人。

——钱钟书

自古红颜多薄命,萧红的一生就像是一根火柴,光亮一闪而过,转眼就成了灰烬。这个被誉为"30年代文学洛神"的女子,她生命中大部分时光都处在疾病、饥饿、奔波、痛苦之中。她追求爱情,爱情却一次又一次地与她擦肩而过,她追寻安心之所,却一生颠沛流离。

"那边清溪唱着,这边树叶绿了,姑娘呵,春天来了!去年的五月,正是我在北平吃青杏的时节,今年的五月,我生活的痛苦,真是有如青杏般的滋味!"这是萧红的第一篇作品,萧军则是她的第一个读者。

当时,怀孕的萧红被未婚夫汪恩甲遗弃在东顺旅馆之中,她挺着大肚子,交不起房租,面对狭小的窗户,看着外面的蓝天,她不知道自己的明天在哪里。在她最需要帮助的时候,萧军出现在了她的生命里。

她过人的才情和不幸的遭遇,深深地吸引着萧军,他说:"似乎感到世界在变了，季节在变了，人也在变了。他认为出现在他面前的，是他认识过的女人中最美丽的人，也可能是世界上最美丽的人。"

1932年，牡丹江决堤，哈尔滨城内洪水泛滥，萧红趁机逃离了旅店，开始了与萧军一起生活的日子。

二萧结合后，他们的生活穷困潦倒，靠着萧军当家庭教师和借债勉强度日，经常穷得连吃饭的钱都没有，更没有地方住。两人以黑面包加盐充饥时，你咬一口，我吃一下，盐抹多了，还要开玩笑："这样度蜜月，把人咸死了。"有情饮水饱，相爱的日子即使困苦，也是快乐的。

这一段被萧红称作"没有青春，只有贫困"的生活，也是萧红一生中最快乐的时光。

随着时局动荡，他们一路从哈尔滨来到了青岛，后来又到了上海。在颠沛流离的生活中，萧红开始了她的写作生涯。来到上海后，他们得到鲁迅先生的帮助和指导，她第一次以"萧红"为笔名，出版了中篇小说《生死场》，在文坛引起了轰动，一举成名天下知。萧军也达到了他创作的顶峰，他的长篇小说《八月的乡村》也正式出版。

就在他们的生活得到改善时，两人的情感出现了危机，萧军的绯闻越来越多，他的暧昧之事不断地传到萧红的耳朵里，两人的冲突也越来越激烈。而萧红因为长期紧张的写作、熬夜再加上常年奔波，她的身体极为脆弱。

为了缓解矛盾、修养身体，1936年7月，在鲁迅先生的帮助下，萧红只身东渡日本。二萧以书信沟通，字里行间皆透着殷殷关切之情。鲁迅先生逝世之后，萧红得知消息，第二年初便从日本回国。此时，二萧的关系虽有所缓和，但终究覆水难收。

1938年4月，两人正式公开分手，让她心心念念的萧郎终成了路人。5月，萧红和端木蕻良在武汉结婚。

1940年，重庆遭到日军轰炸，萧红随端木蕻良离开重庆，飞抵香港。香港沦陷后，端木蕻良抛弃萧红独自逃亡。

在香港艰难的环境中，贫病交加的萧红完成了她一生中最成熟的几部作品《呼兰河传》《马伯乐》《小城三月》。

1942年，萧红因庸医误诊，手术后不久便去世了，年仅31岁。她在临终前写道："我将与蓝天碧水永处，留得那半部《红楼》给别人写了……半生尽遭白眼冷遇，……身先死，不甘，不甘。"

萧红短暂的一生几乎承受了那个动荡时代的所有屈辱和苦难，遇见萧军是她最大的幸运，也是她最大的不幸。她拼尽全力去追求爱与自由，从异乡到异乡，她每一次都爱得坦然，爱得炽热。她在孤独地行走中恣意生长，像是一朵昙花，迅忽之间便走完一生，但是她的传奇不随时光褪色，仍在蓝天碧水间绽放着奕奕光彩。

萧红致萧军情书节选

01

均：

你的身体这几天怎么样？吃得舒服吗？睡得也好？当我搬房子的时候，我想：你没有来，假若你也来，你一定看到这样的席子就要先在上面打一个滚，是很好的，像住在画的房子里面似的。

你来信寄到许的地方就好，因为她的房东熟一些。

海滨，许不去，以后再看，或者我自己去。

一张桌和一个椅子都是借的，屋子里面也很规整，只是感到寂寞了一点，总有点好像少了一点什么！住下几天就好了。

外面我听到蝉叫，听到踏踏的奇怪的鞋声，不想写了！也许她们快来叫我出去吃饭的时候了！

你的药不要忘记吃，饭少吃些，可以到游泳池去游泳两次，假若身体太弱，到海上去游泳更不能够了。祝好！

别的朋友也都祝好！

莹 七月二十一日

最美情话

当我搬房子的时候,我想:你没有来,假若你也来,你一定看到这样的席子就要先在上面打一个滚,是很好的,像住在画的房子里面似的。

02

均：

　　今天我才是第一次自己出去走个远路，其实我看也不过三五里，但也算了，去的是神保町，那地方的书局很多，也很热闹，但自己走起来也总觉得没什么趣味，想买点什么，也没有买，又沿路走回来了。觉得很生疏，街路和风景都不同，但有黑色的河，那和徐家汇一样，上面是有破船的，船上也有女人，孩子。也是穿着破烂衣裳，并且那黑水的气味也一样。像这样的河巴黎也会有！

　　你的小伤风既然伤了许多日子也应该管他，吃点阿司匹林吧！一吃就好。

　　现在我庄严地告诉你一件事情，在你看到之后一定要在回信上写明！就是第一件你要买个软枕头，看过我的信就去买！硬枕头使脑神经很坏。你若不买，来信也告诉我一声，我在这边买两个给你寄去，不贵，并且很软。第二件你要买一张当作被子来用的有毛的那种单子，就像我带来那样的，不过更该厚点。你若懒得买，来信也告诉我，也为你寄去。还有，不要忘了夜里不要吃东西。没有了。以上这就是所有这封信上的重要事情。

照像机现在你也有用了，再寄一些照片来。我在这里多少有点苦寂，不过也没什么，多写些东西也就添补起来了。

旧地重游是很有趣的，并且有那样可爱的海！你现在一定洗海澡去了好几次？但怕你没有脱衣裳的房子。

你在来信说你这样好那样好，我可说不定也去，我的稿费也可以够了。你怕不怕？我是和你开玩笑，也许是假玩笑。

你随手有什么我没看过的书也寄一本两本来！实在没有书读，越寂寞就越想读书，一天到晚不说话，再加上一天到晚也不看一个字我觉得很残忍，又像我从前在旅馆一个人住着的那个样子。但有钱，有钱除掉吃饭也买不到别的趣味。

祝好。

萧上 八月十七日

最美情话

你在来信说你这样好那样好,我可说不定也去,我的稿费也可以够了。你怕不怕?我是和你开玩笑,也许是假玩笑。

03

均：

不得了了！已经打破了记录，今已超出了十页稿纸。我感到了大欢喜。但，正在我写这信，外边是大风雨，电灯已经忽明忽暗了几次。我来了一个奇怪的幻想，是不是会地震呢？三万字已经有了二十六页了。不会震掉吧！这真是幼稚的思想。但，说真话，心上总有点不平静，也许是因为"你"不在旁边？

电灯又灭了一次。外面的雷声好像劈裂着什么似的！……我立刻想起了一个新的题材。

从前我对着这雷声，并没有什么感觉，现在不然了，它们都会随时波动着我的灵魂。

灵魂太细微的人同时也一定渺小，所以我并不崇敬我自己。我崇敬粗大的，宽宏的！……

我的表已经十点一刻了，不知你那里是不是也有大风雨？

电灯又灭了一次。

只得问一声晚安放下笔了。

           吟 三十一日夜。八月。

最美情话

正在我写这信,外边是大风雨,电灯已经忽明忽暗了几次。我来了一个奇怪的幻想,是不是会地震呢?三万字已经有了二十六页了。不会震掉吧!这真是幼稚的思想。但,说真话,心上总有点不平静,也许是因为"你"不在旁边?

04

均：

　　昨天下午接到你两封信。看了好几遍，本来前一信我说不再往青岛去信了，可是又不能不写了。既接到信，也总是想回的，不管有事没有事。

　　今天放假，日本的什么节。

　　第三代居然间上一部快完了，真是能耐不小！大概我写信时就已经完了。

　　小东西，你还认得那是你裤子上剩下来的绸子？

　　坏得很，跟外国孩子去骂嘴！

　　水果我还是不常吃，因为不喜欢。

　　因为下雨所以你想我了，我也有些想你呢！这里也是两三天没有晴天。

　　不写了。

莹 九月廿二日

最美情话

因为下雨所以你想我了,我也有些想你呢!这里也是两三天没有晴天。

05

三郎：

　　我没有迟疑过，我一直是没有回去的意思，那不过偶尔说着玩的。至于有一次真想回去，那是外来的原因，而不是我自己的自动。

　　大概你又忘了，夜里又吃东西了吧？夜里在外国酒店喝酒，同时也要吃点下酒的东西的，是不是？不要吃，夜里吃东西在你很不合适。

　　你的被子比我的还薄，不用说是不合用的了，连我的夜里也是凉凉的。你自己用三块钱去买一张棉花，把你的被子带到淑奇家去，请她替你把棉花加进去。如若手头有钱，就到外国店铺买一张被子，免得烦劳人。

　　我告诉你的话，你一样也不做，虽然小事，你就总使我不安心。

　　身体是不很佳，自己也说不出有什么毛病，沈女士近来一见到就说我的面孔是膨胀的，并且苍白。我也相信，也不大相信，因为一向是这个样子，就不稀奇了。

前天又重头痛一次，这虽然不能怎样很重的打击了我（因为痛惯了的原故），但当时那种切实的痛苦无论如何也是真切的感到。算来头痛已经四五年了，这四五年中头痛药，不知吃了多少。当痛楚一来到时，也想赶快把它医好吧，但一停止了痛楚，又总是不必了。因为头痛不至于死，现在是有钱了，连这样小病也不得了起来，不是连吃饭的钱也刚刚不成问题吗？所以还是不回去。

人们都说我身体不好，其实我的身体是很好的，若换一个人，给他四五年间不断的头痛，我想不知道他的身体还好不好？所以我相信我自己是健康的。

周先生的画片，我是连看也不愿意看的，看了就难过。海婴想爸爸不想？

这地方，对于我是一点留恋也没有，若回去就不用想再来了，所以莫如一起多住些日子。

现在很多的话，都可以懂了，即是找找房子，与房东办办交涉也差不多行了。大概这因为东亚学校钟点太多，先生在课堂上多半也是说日本话的。现在想起初来日本的时候，华走了以后的时候，那真是困难到极点了。几乎是熬不住。

珂，既然家有信来，还是要好好替他打算一下，把利害说给他，取决当然在于他自己了，我离得这样远，关于他的情形，我总不能十分知道，上次你的信是问我的意见，当时我也不知为什么他来到了上海。他已经有信来，大半是为了找我们，固然有他的痛苦，可是找到了我们，能知道他接着就不又有新的痛苦吗？

虽然他给我的信上说着"我并不忧于流浪"，而且又说，他将来要找一点事做，以维持生活，我是知道的，上海找事，哪里找去。我是总怕他的生活成问题，又年轻，精神方面又敏感，若一下子挣扎不好，就要失掉了永久的力量。我看既然与家庭没有断掉关系，可以到北平去读书，若不愿意重来这里的话。

这里短时间住则可，把日语学学，长了是熬不住的，若留学，这里我也不赞成，日本比我们中国还病态，还干枯，这里没有健康的灵魂，不是生活。中国人的灵魂在全世界中说起来，就是病态的灵魂，到了日本，日本比我们更病态，既是中国人，就更不应该来到日本留学，他们人民的生活，一点自由也没有，一天到晚，连一点声音也听不到，所有的住宅都像空着，而且没有住人的样子。一天到晚歌声是没有的，哭笑声也都没有。夜里从窗子往外看去，家屋就都黑了，灯光也都被关在板窗里面。日本人民的生活，真是可怜，只有工作，工作得和鬼一样，所以他们的生活完全是阴森的。中国人有一种民族的病态，我们想改正它还来不及，再到这个地方和日本人学习，这是一种病态上再加上病态。我说的不是日本没有可学的，所差的只是他的不健康处也正是我们的不健康处，为着健康起见，好处也只得丢开了。

再说另一件事，明年春天，你可以自己再到自己所愿的地方去逍遥一趟。我就只逍遥在这里了。

礼拜六夜我是住在沈女士住所的，早晨天还未明，就读到了报纸，这样的大变动使我们惊慌了一天，上海究竟怎么样，只有等着你的来信。

　　新年好。

　　　　　　　　　　　　　　　　荣子　十二月十五日

"日本东京趣町区"只要如此写,不必加标点。

最美情话

我告诉你的话,你一样也不做,虽然小事,你就总使我不安心。

06

军：

昨天又寄了一信，我总觉我的信都寄得那么慢，不然为什么已经这些天了还没能知道一点你的消息？其实是我个人性急而不推想一下邮便所必须费去的日子。

连这封信，是第四封了。我想那时候我真是为别离所慌乱了，不然为什么写错了一个号数？就连昨天寄的这信，也写的是那个错的号数，不知可能不丢么？

我虽写信并不写什么痛苦的字眼，说话也尽是欢乐的话语，但我的心就像被浸以毒汁里那么黑暗，浸得久了，或者我的心会被淹死的，我知道这是不对，我时时在批判着自己，但这是情感，我批判不了，我知道炎暑是并不长久的，过了炎暑大概就可以来了秋凉。但明明是知道，明明又做不到。正在口渴的那一刹，觉得口渴那个真理，就是世界上顶高的真理。

既然那样我看你还是搬个家的好。

关于珂，我主张既然能够去江西，还是去江西的好，我们的生活也没有一定，他也跟着跑来跑去，还不如让他去安定一个时期，或者上冬，我们有一定了，再让他来，年轻人吃点苦好，总比有苦留着后来吃强。

昨天我又去找周家一次，这次是宣武门外的那个桥，达智桥，二十五号也找到了，巧得很，也是个粮米店，并没有任何住户。

这几天我又恢复了夜里骇怕的毛病，并且在梦中常常生起死的那个观念。

痛苦的人生啊！服毒的人生啊！

我常常怀疑自己或者我怕是忍耐不住了吧？我的神经或者比丝线还细了吧？

我是多么替自己避免着这种想头，但还有比正在经验着的还更真切的吗？我现在就正在经验着。

我哭，我也是不能哭。不允许我哭，失掉了哭的自由了。我不知为什么能把自己弄得这样，连精神都给自己上了枷锁了。

这回的心情还不比过去日本的心情，什么能救了我呀！上帝！什么能救了我呀！我一定要用那只曾经把我建设起来的那只手把自己来打碎吗？

祝好！

荣子 五月四日

所有我们的书若有精装请各寄一本来。

最美情话

昨天又寄了一信,我总觉我的信都寄得那么慢,不然为什么已经这些天了还没能知道一点你的消息?其实是我个人性急而不推想一下邮便所必须费去的日子。

07

军：

　　我今天接到你的信就跑回来写信的，但没有寄，心情不好，我想你读了也不好，因为我是哭着写的，接你两封信，哭了两回。

　　这几天也还是天天到李家去，不过待不多久。

　　我在东安市场吃饭，每顿不到两毛，味极佳。羊肉面一毛钱一碗。再加两个花卷，或者再来个炒素菜。一共才是两角。可惜我对着这样的好饭菜，没能喝上一盅，抱歉。

　　六号那天也是写了一信，也是没寄。你的饮食我想还是照旧，饼干买了没有？多吃点水果。

　　你来信说每天看天一小时会变成美人，这个是办不到的，说起来很伤心，我自幼就喜欢看天，一直看到现在还是喜欢看，但我并没变成美人，若是真是，我又何能东西奔波呢？可见美人自有美人在。（这个话开玩笑也）

　　奇是不可靠的，黑人来李家找我。这是她之所嘱。和李太太、我，三个人逛了北海。我已经是离开上海半月多了，心绪仍是乱绞，我想我这是走的败路。但我不愿意多说。

《海上述林》读毕，并请把《安娜可林娜》寄来一读。还有《冰岛渔夫》，还有《猎人日记》。这书寄来给洁吾读。不必挂号。若有什么可读的书，就请随时寄来，存在李家不会丢失，等离上海时也方便。

我的长篇并没有计划，但此时我并不过于自责"为了恋爱，而忘掉了人民，女人的性格啊！自私啊！"从前，我也这样想，可是现在我不了，因为我看见男子为了并不值得爱的女子，不但忘了人民，而且忘了性命。何况我还没有忘了性命，就是忘了性命也是值得呀！在人生的路上，总算有一个时期在我的脚迹旁边，也踏着他的脚迹。（总算两个灵魂和两根琴弦似的互相调谐过）（这一句似乎有点特别高攀，故涂去。）

笔墨都买了，要写大字。但房子有是有，和人家就一个院不方便。至于立合同，等你来时再说吧！

祝你好！上帝给你健康！

荣子　五月九日

最美情话

我看见男子为了并不值得爱的女子，不但忘了人民，而且忘了性命。何况我还没有忘了性命，就是忘了性命也是值得呀！在人生的路上，总算有一个时期在我的脚迹旁边，也踏着他的脚迹。